CB045243

histórias da outra margem

NAGAI KAFU

histórias da outra margem

tradução do japonês e notas
ANDREI CUNHA

ilustrações
SHOHACHI KIMURA

Bokuto kidan
© Editora Estação Liberdade, 2013, para esta tradução

Preparação	Aluizio Leite
Revisão	Fábio Bonillo
Assistência editorial	Paula Nogueira
Composição	Miguel Simon
Ilustrações	Shohachi Kimura, 1937. © Coleção do Museu Nacional de Arte Moderna de Tóquio
Editores	Angel Bojadsen e Edilberto F. Verza

CIP-BRASIL. CATALOGAÇÃO-NA-FONTE
Sindicato Nacional dos Editores de Livros, RJ

K32h
Nagai, Kafu, 1879-1959.
  Histórias da outra margem / Nagai Kafu ; tradução do japonês e notas Andrei Cunha; ilustrações Shohachi Kimura. - São Paulo : Estação Liberdade, 2013.
  128p. : 21 cm

Tradução de: Bokuto kidan
ISBN 978-85-7448-215-6

1. Romance japonês. I. Cunha, Andrei. II. Título.

| 12-6628. | | CDD: 895.63 |
| | | CDU: 821.521-3 |

| 12.09.12 | 27.09.12 | 039068 |

Todos os direitos reservados à
Editora Estação Liberdade Ltda.
Rua Dona Elisa, 116 | 01155-030 | São Paulo-SP
Tel.: (11) 3661 2881 | Fax: (11) 3825 4239
www.estacaoliberdade.com.br

濹東綺譚

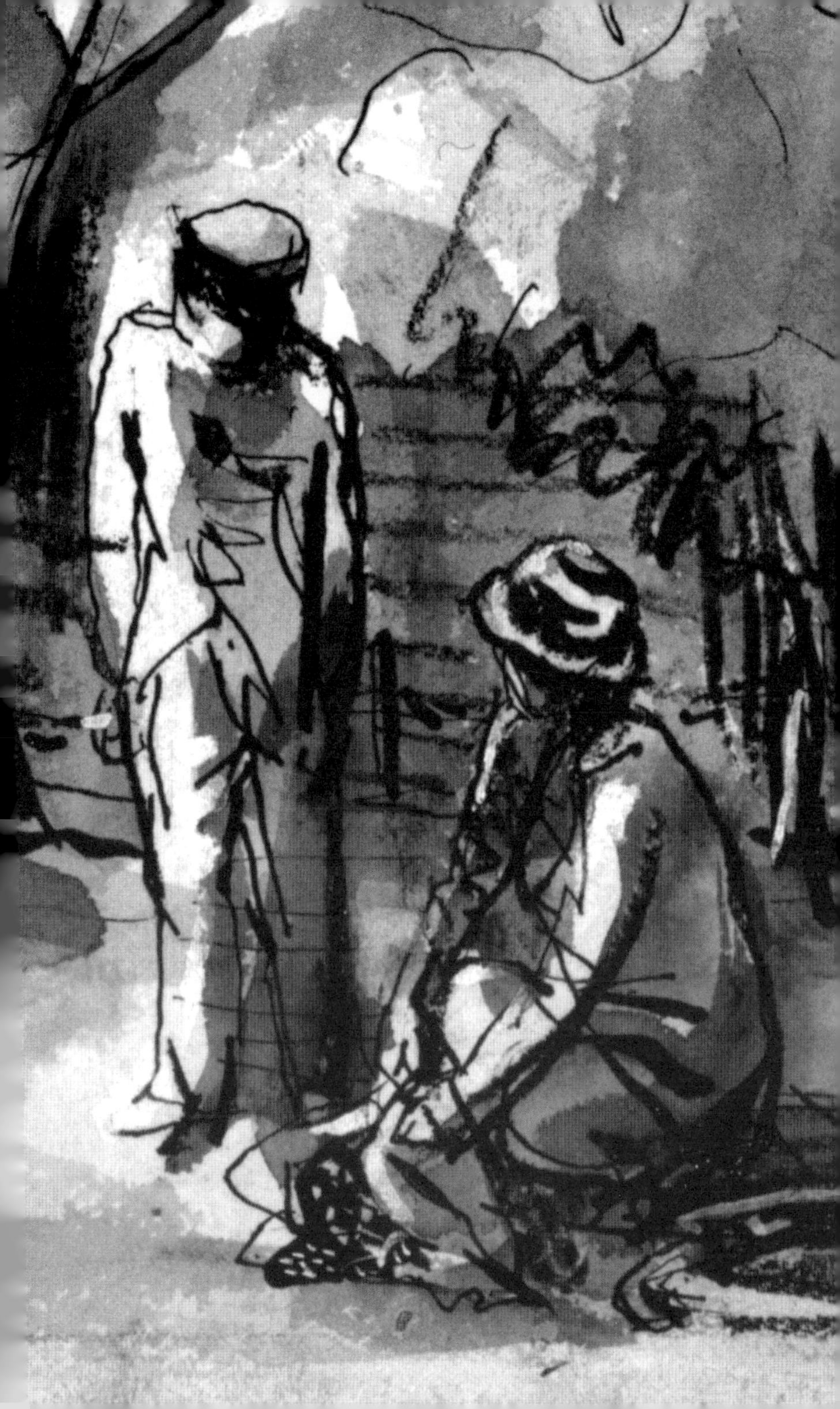

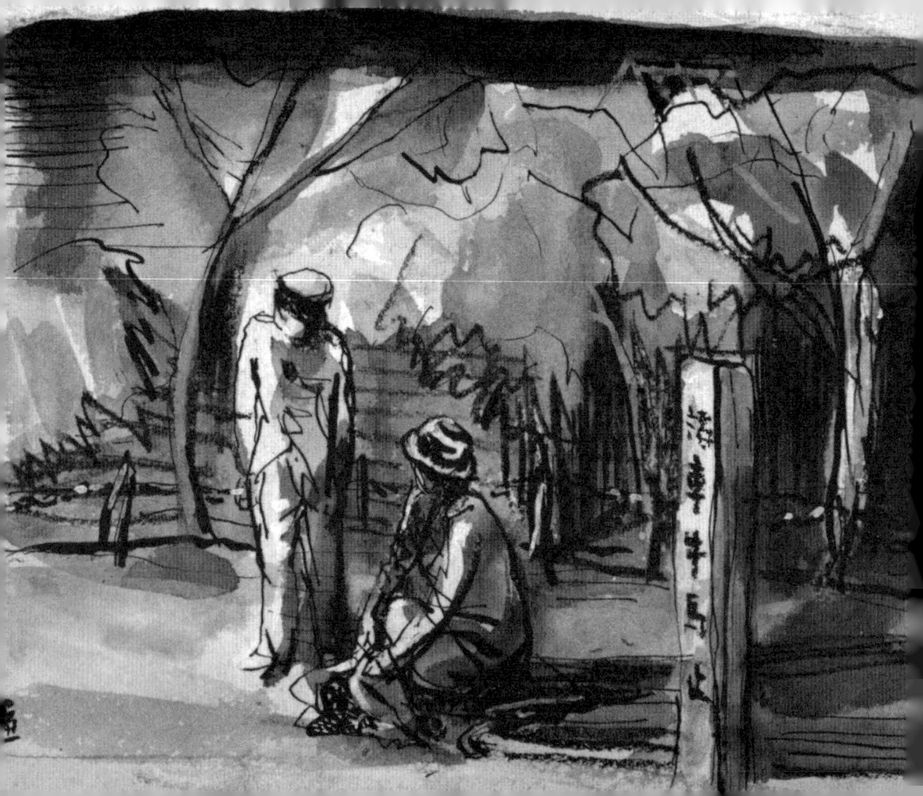

Não costumava ir ao cineteatro.[1]

Fazendo um esforço de memória, tenho uma vaga lembrança de ter ido uma vez, por volta de 1897, ao Kinkikan, ver uma projeção de panoramas da cidade de San Francisco. Foi mais ou menos nessa época que se começou a chamar o projetor de "cinematógrafo". Hoje em dia, essa palavra deve estar obsoleta, pois lá se vão quase quatro décadas; mas, como o que a gente se acostuma a dizer é o primeiro nome que se ouviu, eu vou continuar usando aqui o termo original.

Depois do Grande Terremoto de 1923, sob o pretexto de que eu estaria ficando desatualizado, um jovem escritor em visita à minha casa resolveu me forçar a acompanhá-lo a um cineteatro de Tameike, no parque de Asakusa. Tratava-se de um filme com ótimas críticas, elogiado por todos; mas descobri que o roteiro era adaptado de um conto de Maupassant, e não valia o trabalho de sair do conforto do meu lar para ver umas fotos que se mexiam. Melhor ler o original. Lembro-me de ter dito ao jovem escritor que eu achara o livro muito mais interessante.

---

1. Em japonês, *katsudoshashin*, ou "fotos em movimento". Essa palavra foi usada principalmente no período do cinema mudo.

No entanto, nos dias de hoje, não há quem não goste dos filmes de cinematógrafo, que caíram no gosto popular, tanto de jovens como de idosos. É por isso que, quando passo na frente de um cineteatro, esforço-me para olhar para cima, ver os títulos, as figuras e os reclames, nem que seja para saber do que é que os outros estão falando. Uma olhada no cartaz me permite, sem que tenha de assistir à película, compreender de que tipo de filme se trata, construir em minha cabeça uma sinopse, e adivinhar que cenas vão agradar mais os espectadores.

O lugar onde se podem ver mais cartazes de cineteatro de uma só vez é o parque de Asakusa. Ali, tem-se a oportunidade de ver anúncios de produções de todos os tipos, e de compará-los uns aos outros. Quando saio em direção a Shitaya, não deixo de passar por ali, e vou contornando com minha bengala o lago do parque.

Em um dia de fim de inverno, quando o vento do anoitecer já não gelava mais tanto, depois de ver todos os cartazes das fachadas dos cineteatros de Asakusa, tomei a saída de Senzoku e, enquanto hesitava entre tomar a direção da ponte de Kototoi, à direita, ou a de Iriya, à esquerda, de repente um homem de cerca de 40 anos, vestindo um paletó ocidental puído, materializou-se ao meu lado.

— E aí, patrão, vai querer que lhe apresente uma moça? — perguntou.

— Não, obrigado — respondi, e apressei o passo.

Mas o homem não se deu por vencido e, ainda em meu encalço, disse:

— É uma chance única! Ela realiza as mais bizarras fantasias.

— Não estou interessado. Estou indo para Yoshiwara.[2]

Dissera Yoshiwara para me livrar do vendedor suspeito — cafetão, empregado de bordel, vai saber —, mas como meu passeio não tinha até ali destino certo, aquela resposta selou uma decisão. Enquanto caminhava, lembrei-me de um sebo que havia numa ruazinha atrás do dique.

O sebo ficava numa travessa escura, na saída debaixo da ponte Nihonzutsumi, em frente ao Grande Portão de Yoshiwara, onde o canal de San'ya se junta ao encanamento subterrâneo. Era um caminho de mão única, paralelo ao canal. Do lado de lá do curso d'água, avistavam-se muros de pedra e os fundos de casas de família; do lado de cá, alternavam-se residências e grandes estabelecimentos comerciais, vendedores de canos de cerâmica, brita, areia, madeira e outros materiais de construção. À medida que a rua ia ficando estreita, sumiam as lojas e se enfileiravam uns casebres; ao final do caminho, a pouca iluminação que havia à noite vinha das pontes de Shohoji, San'ya, Jikata e Kamiarai; ainda mais adiante, passando o canal e as saídas de pontes, o tráfego de pedestres também cessava, e as únicas luzes que se viam eram as do sebo e as de um mercadinho que vendia cigarros.

Nunca lembro o nome do sebo; mas sei mais ou menos de cor tudo o que tem lá para vender. Eu me espantaria se desta vez achasse alguma coisa mais interessante, como uma primeira edição da *Bungei Club*, ou um antigo suplemento literário do *Yamato Shimbun*.

---

2. Desde a Idade Média, endereço tradicional dos bordéis, casas de gueixas e outros prazeres do "mundo flutuante" (*ukiyo*). O bairro era cercado por um fosso, que o separava do resto da cidade. A única maneira das prostitutas e seus clientes entrarem era pela Grande Porta, controlada pela polícia.

Mas eu não ia ali atrás de livros — gostava de frequentar o sebo porque o dono era simpático e porque a lojinha ficava logo na entrada do bairro boêmio, o que lhe conferia um charme especial.

O dono era um velhinho de 60 anos ou mais; tinha a cabeça caprichosamente raspada. Tudo nele — seu rosto, linguagem corporal, sotaque, mesmo a maneira como vestia o quimono — era uma espécie de memória viva dos costumes da cidade baixa de Tóquio, imaculada pelo tempo, e mais valioso e digno de afeto, a meu ver, do que todos os livros raros e antigos que ele não possuía. Antes do Grande Terremoto ainda se via um ou outro senhor idoso, toquiota de raiz, nos bastidores dos teatros e das casas de espetáculo — por exemplo, o senhor Tome, que trabalhava para a família Otowa, ou o senhor Ichizo, empregado dos Takashimas. Mas esses velhinhos, hoje, já não estão mais entre nós.

Sempre que abria a porta de vidro para entrar no sebo, lá estava o dono, sentado na mesma posição, junto à porta de correr interna, com as costas curvas, inclinado para a frente, lendo algo com a ajuda de uns óculos equilibrados na ponta do nariz. Eu sempre chegava mais ou menos à mesma hora, umas sete ou oito da noite, e o velho, ao ouvir o som da porta se abrindo, virava-se ligeiramente em minha direção, cumprimentava-me, educado, e, batendo uma almofada para tirar o pó, oferecia-me um lugar para sentar. Sempre do mesmo jeito, com as mesmas palavras. Dessa vez, não foi diferente.

— Não tenho nada de novo para o senhor — disse. — Ah, desculpe, talvez o senhor se interesse por umas *Hotan* que chegaram. Só que não é a coleção completa.

— A revista de Tamenaga Shunko? — perguntei.

— Essa mesmo. Tem o número 1, então talvez o senhor goste. Só um momento, onde será que eu botei? — e, dizendo isso, puxou cinco ou seis volumes encadernados de uma pilha que estava encostada à parede, sacudiu para tirar o pó e me entregou.

— O número 1 é de 1879![3] Essa data me faz sentir tão velho. Gostaria de encontrar uma coleção completa de *As incríveis aventuras de Robun*. O senhor não tem?

— Às vezes surge uma ou outro, mas nunca uma completa. O senhor já tem alguma *Kagetsu Shinshi*?

— Sim.

Nesse instante, ouviu-se o som da porta se abrindo, e eu e o livreiro nos viramos para ver quem chegava. Assim como o dono do sebo, o novo cliente tinha a cabeça raspada e uns 60 anos de idade. O seu rosto era encovado, a aparência empobrecida, e trazia uma trouxa de tecido velho, listrado, que largou sobre a pilha de livros perto da porta.

— Não aguento mais esses carros. Hoje quase morri atropelado.

— As pessoas dizem que os carros são práticos, baratos e de confiança, mas a verdade é que não é bem assim. E você não se machucou?

— Meu *mamori*[4] quebrou, mas foi minha salvação. Um táxi bateu num ônibus, bem na minha frente. Só de pensar me dá uma coisa. Mas olhe isto aqui que eu trouxe para mostrar

---

3. A *Hotan* era especializada em ficção serializada de entretenimento. Foi publicada entre 1878 e 1884. Nagai Kafu parece ter se enganado quanto ao ano da primeira edição.

4. Amuleto de proteção, patuá. Em geral, tem a forma de uma bolsinha de pano ou papel, e é levado ao pescoço ou pendurado na roupa.

para você. Comprei na feira de Hatogaya. É mercadoria boa, antiga. Não tenho comprador em vista, mas na hora em que pus o olho nisto decidi que ia comprar, por mais caro que fosse.

O homem desfez a trouxa e de dentro tirou dois quimonos — um fino e sem forro, estampado com uma padronagem miúda, feminina, e outro de usar por baixo.[5] O estampado era de crepe de seda cinza; e o de baixo tinha as mangas tingidas à mão, no estilo *yuzen*.[6] Ainda que não fossem vulgares, datavam no máximo da década de 1860 ou 1870; não tinham especial valor como antiguidade.

Mesmo assim, pensei que aqueles tecidos dariam um bom *passe-partout* para estampas[7] mais valiosas, ou serviriam para forrar essas caixas de livros que agora estão na moda, ou ainda para encapar meus álbuns de ilustrações; e foi assim que, naquele dia, saí do sebo com um embrulho contendo não apenas os volumes encadernados da revista *Hotan* como também o quimono de baixo, que comprara do homem com tonsura de monge.

Eu ia pegar o circular Nihonzutsumi, e fiquei esperando na parada de ônibus do Grande Portão; mas comecei a me irritar com a demora e o assédio dos taxistas, e decidi voltar pela rua de trás, por onde viera, passando por travessas em

---

5. Na verdade, um *hitoe* (vestido sem forro, que se usa em sobreposição) e um *juban* (roupa de baixo) de molde *donuki* (com tecido diferente nas mangas e no peito).
6. Padronagem com muitos detalhes e cores vivas. Uma das técnicas típicas dos artesãos de Kyoto.
7. *Ukiyoe no nikuhitsu mono*, ou seja, a prova de autor de uma xilogravura *ukiyo-e*. Um dos subgêneros do *ukiyo-e* está diretamente ligado ao erotismo e à representação de prostitutas e outras figuras dos bairros boêmios das grandes metrópoles do Japão. Nagai Kafu era um célebre colecionador e conhecedor de desenhos e histórias eróticos.

que não havia trens nem carros de praça. De repente, cheguei a um ponto de onde se via, por entre os troncos das árvores, as luzes da ponte Kototoi. Não fui até a beira do rio, pois sabia que ali era perigoso; tomei um caminhozinho iluminado e fui me sentar em uma corrente que rodeava o parque.

No meio do caminho, havia comprado um pão de sanduíche e um enlatado para levar para casa. Tentei embrulhar tudo junto na trouxa, mas não sei se porque o pano era muito pequeno, ou porque afinal de contas é difícil fazer uma trouxa bem feita com coisas macias e duras misturadas, acabei tendo de desmanchar o nó. Pus a lata no bolso do casaco e, decidido a refazer o pacote, abri o tecido na grama do parque. Estava arrumando tudo direitinho quando apareceu de repente, de trás de uma árvore, um guardinha de braços compridos e desengonçados, chacoalhando o sabre.

— Alto lá! O que você está fazendo? — e, esticando um tentáculo, cutucou-me o ombro.

Não respondi e continuei arrumando meu embrulho em silêncio. Quando finalmente dei o nó e me levantei, o policial, já sem paciência, empurrou-me pelo cotovelo, dizendo:

— Vamos duma vez!

Levou-me pela alameda da pracinha até uma larga avenida movimentada, próxima à ponte Kototoi. Atravessando a rua, havia um postinho policial. O guarda, depositando-me diante do comissário de plantão, logo partiu sabe-se lá para onde, com ar atarefado.

O plantonista, parado de pé junto à entrada, deu início ao interrogatório.

— Vindo de onde?

— De lá.

— De lá onde?
— Dos lados do dique.
— Que dique?
— Do canal San'ya, junto ao monte Matsuchi.
— Nome?
— Tadasu Oe.

O policial pegou um caderninho. Decidi explicar como se escrevia.

— Tadasu se escreve "rei na caixa".[8] É o ideograma daquela máxima confucionista: "Restaurou o reino, de novo uno como outrora"[9]... o ideograma de "restaurar".

O comissário me olhava, furioso, como se quisesse que eu me calasse. Sem avisar, abriu o botão do meu casaco, virou-o do avesso, e comentou:

— Sem marca — e prosseguiu a revista, inspecionando o forro do meu paletó.

— Mas de que marca o senhor está falando? — eu perguntei, exasperado, largando minha trouxa no chão e já me oferecendo para abrir de uma vez o paletó e o peitilho da camisa.

— Endereço?
— Azabu, bairro Otansu, quadra um, número seis.
— Profissão?

---

8. Rei na caixa. Em japonês, a grafia dos nomes próprios é especialmente confusa. Seria (ainda é) natural explicar como se escreve um nome próprio, pois muitas grafias são possíveis. O da personagem principal se escreve com o caractere 匡(*tadasu*, "corrigir, restaurar"), que pode ser descrito como um composto dos elementos 王 (*ô*, "rei") e 匚 (*hako*, "caixa").

9. Citação dos *Analectos*, de Confúcio. O narrador usa aqui o estilo de glosa japonesa para falar, numa clara demonstração de superioridade, pois o guarda, que deveria ter apenas o curso fundamental, não poderia saber de que texto o culto Tadasu estaria falando.

— Não tenho.
— Desocupado. Idade?
— Sou do signo de coelho, elemento terra, de ano yin.[10]
— Eu disse *idade*.
— Sou de Meiji 12[11], ano do coelho, elemento terra, yin — e mais não queria dizer, mas começara a ficar com medo daquele interrogatório, então resolvi me comportar. — Tenho 57 anos.
— Tudo isso? Parece menos.
Eu respondi com uma risada constrangida.
— E o nome, como era mesmo?
— Já disse. Tadasu Oe.
— Familiares?
— Três — na verdade, eu sou um solteirão, mas já sabia, por experiências anteriores, que essa resposta não agradaria ao guarda.
— Três? Você, a mulher e quem mais? — o comissário ia preenchendo as lacunas por mim.
— Eu, a patroa e a velha.
— Idade da esposa?
Por um instante, pensei que estava tudo perdido, que não ia saber responder; mas me lembrei de uma mulher com quem tinha tido um relacionamento, quatro ou cinco anos antes, e pude produzir esta afirmativa:
— Trinta anos. Nascida em Meiji 39, dia 14 de julho. Signo de cavalo, elemento fogo, yang...

---

10. O horóscopo chinês obedece a dois ciclos independentes que, combinados, repetem-se a cada sessenta anos. O primeiro, de doze anos, corresponde aos animais. O segundo, de dez anos, corresponde aos elementos e às polaridades yin e yang.

11. O período Meiji compreende os anos de 1868 a 1912. "Meiji 12" é o ano de nascimento do próprio Nagai Kafu.

Bom, pensava eu, se ele agora me perguntar como se chama minha mulher, vou apelar para o nome de uma personagem de um romance meu, mas o policial continuou mexendo nos bolsos do meu casaco e do meu paletó e, pescando algo de lá, interpelou:

— E isto aqui?
— Cachimbo e óculos.
— Sei. E isto?
— Um enlatado.
— Isto aqui? Ah, uma carteira. Abra aí para vermos o que tem.
— Tem dinheiro, ora.
— Quanto?
— Uns vinte, trinta ienes.

O comissário largou a carteira, sem arrumar, sobre a mesinha encostada à parede, logo abaixo do telefone, e passou ao próximo item.

— E essa trouxa, aí? Traga para cá, vamos ver.

Abri o embrulho. Saíram primeiro o pão e as revistas, o que pareceu tranquilizar o guarda. Mas, em seguida, surgiu a manga indecente da roupa íntima de mulher, e a atitude do homem, e sua voz mesmo, mudaram de repente.

— Carregando objetos suspeitos.

Comecei a rir de vergonha.

— Isto aqui é roupa de mulher — disse o policial, enquanto me encarava, furioso, erguendo em seguida o pano cuidadosamente, com dois dedos em pinça, e aproximando-o da luz. — De onde você tirou isto?

— De um brechó.
— Por quê?

— Porque comprei, com meu dinheiro.
— E onde fica esse brechó?
— Na frente da Grande Porta de Yoshiwara.
— Quanto custou?
— Três ienes e setenta centavos.

O guarda jogou com nojo o vestido sobre a mesa e ficou me olhando sem palavras, fixamente. Pronto, é hoje que passo a noite no xadrez, pensei, ele vai me levar para a delegacia do centro, e meu bom humor e vontade de fazer troça com o policial foram se arrefecendo. Entretanto, ele decidira voltar a inspecionar minha carteira. De dentro dela, foram saindo uma cópia provisória, velha e surrada, de uma apólice de seguro contra incêndio, que eu me esquecera de guardar em casa; uma certidão do registro civil da minha família, que eu tivera de mandar fazer para não sei mais o quê; um comprovante de registro de firma em cartório; e um selo autenticado.[12] Um a um, o comissário observou detidamente esses papéis, alisando-os sobre o tampo da mesa; levou, por fim, o selo à luz, para decifrar os caracteres nele inscritos. Isso demorou muito; desviei meu olhar para a rua, enquanto esperava de pé junto à entrada.

A avenida se dividia em duas, bem em frente ao pequeno posto policial. Um braço ia para Minamisenju; o outro, para a ponte Shirahige. Adiante, esse caminho cruzava com a avenida que passa atrás do parque de Asakusa, e que desemboca na ponte Kototoi. É uma região muito movimentada, e o ir e vir de pedestres não dava a impressão de diminuir,

---

12. O registro civil das famílias japonesas (*koseki*) está a cargo do departamento notarial das prefeituras de bairro, e contém os nomes de todos os membros de uma família que tenham sido registrados em cartório.

mesmo já anoitecendo. No entanto, nenhum deles parecia se interessar pelo meu interrogatório. Do outro lado da rua, havia uma camisaria; e nem a elegante senhora que parecia ser a dona, nem o moleque que lhe servia de empregado, ainda que olhassem uma vez ou outra em nossa direção, pareciam achar estranho o que acontecia ali, e dali a pouco já iam fechando a loja.

— Ei. Já deu. Pode pegar suas coisas.

— Não é nada de muito valor... — murmurei, enquanto ajeitava a carteira e refazia a trouxa. — Posso ir, então?

— Pode.

— Obrigado e desculpe o incômodo — disse, acendendo meu cigarro Westminster com filtro dourado, e (como quem diz: "Saboreie um pouco da minha fumaça") fui me afastando enquanto dava umas baforadas. Passado o susto, creio que posso afirmar que, não fosse pelo registro civil e pela firma reconhecida, era certo que eu teria permanecido aquela noite no xadrez. Roupa velha não causa boa impressão nas pessoas. Aquela roupa íntima de mulher me fora de mau agouro.

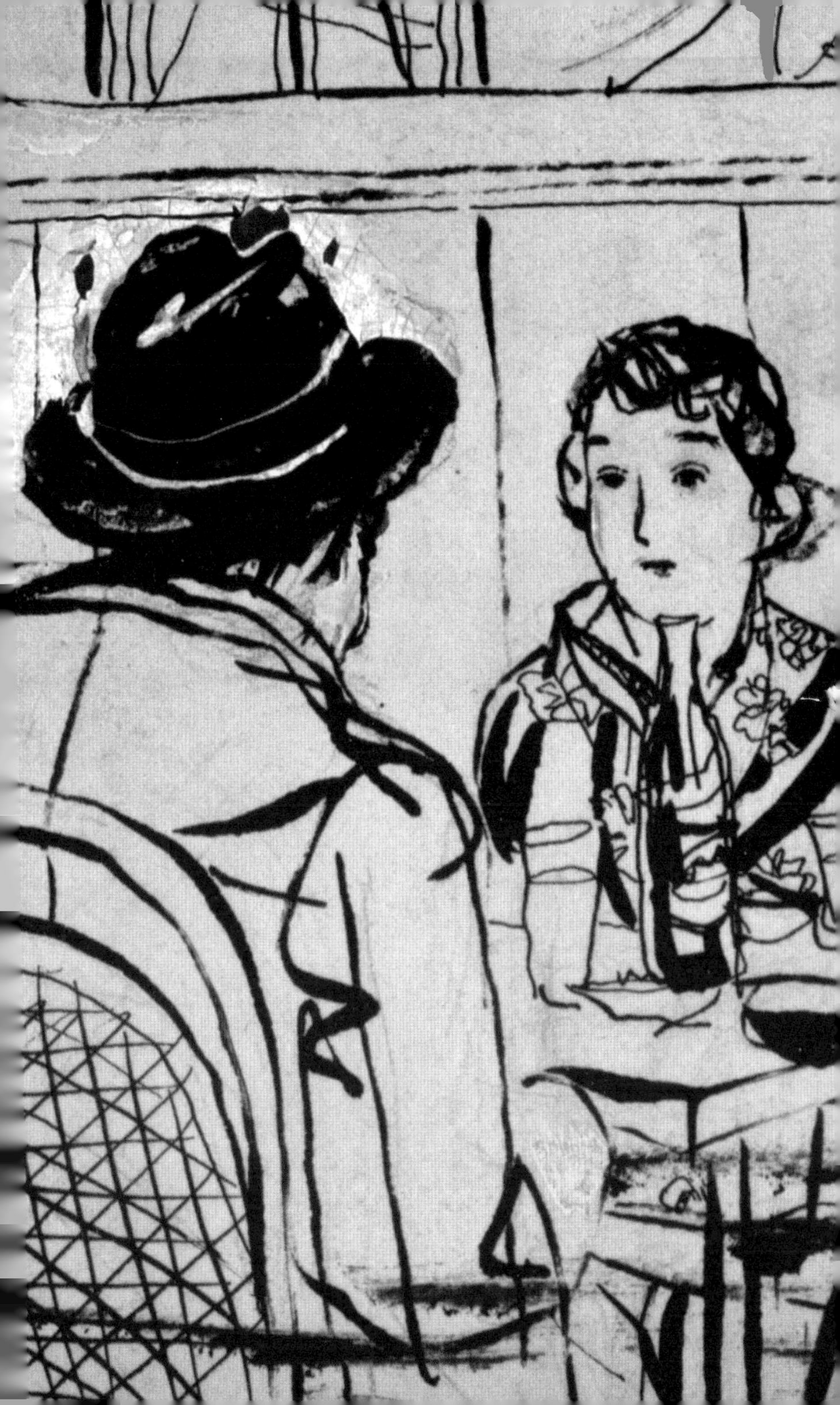

Dois

Estava planejando escrever um romance — tinha até título: *O desaparecimento*. Estava confiante de que não seria dos piores, se conseguisse acabá-lo.

A personagem principal se chamaria Junpei Taneda, um homem com pouco mais de 50 anos, professor de inglês em uma escola particular de ensino médio.

Taneda se casaria com seu primeiro amor, mas ela morreria. Três anos depois de seu falecimento, nosso herói se casaria de novo, e sua segunda esposa se chamaria Mitsuko.

Antes de se casar com Taneda, Mitsuko trabalhava como dama de companhia da esposa de um político importante, mas, vítima da lábia do patrão, acabara engravidando dele. A poderosa família encarregara o mordomo, um certo senhor Endo, de encontrar uma solução para o ocorrido. Mitsuko teria a criança e receberia uma pensão de cinquenta ienes por mês até a maioridade do filho. Em troca do dinheiro, o registro civil da criança não deveria mencionar o nome do pai biológico. Além disso, se Mitsuko se casasse, haveria uma boa soma reservada para lhe servir de dote.

Ela fora levada para viver na casa do mordomo. Após o nascimento da criança, Endo encontrara, em menos de sessenta dias, um marido para Mitsuko: um professor de inglês do ensino médio. E fora assim que Mitsuko, com 18 anos, tornara-se a segunda esposa de Junpei Taneda, que contava então com 29.

Depois da morte da primeira esposa, que Taneda amara muito, a vida do professor, sempre com dificuldades financeiras, se lhe apresentava sem muita perspectiva. Chegara à meia-idade sem energia, uma sombra do que fora; mas Endo, amigo de longa data, conseguira convencê-lo, depois de muita hesitação, a aceitar o dinheiro do dote para se casar com Mitsuko e assumir seu filho. O recém-nascido ainda não tinha certidão, o que permitiu que Endo fosse ao cartório da prefeitura e pusesse mãe e filho sob o registro da família de Taneda. Quem olhasse o documento seria levado a concluir que o casal mantivera relações de concubinato por um tempo, até o nascimento do primeiro filho, quando então, finalmente, o matrimônio fora oficializado.

Dois anos depois, o casal teve uma filha; em seguida, mais um filhinho.

Quando Tametoshi, o filho mais velho (que, na verdade, não era de Taneda), atingiu a maioridade, foi interrompido o pagamento da pensão secreta que seu verdadeiro pai enviava a Mitsuko para que mantivesse sua identidade em segredo. Na verdade, o pagamento não cessava apenas devido à idade de Tametoshi — o antigo patrão morrera um ano antes, e também sua esposa, em seguida.

À medida que Yoshiko, a menina, e Tameaki, o caçula, iam crescendo, aumentavam as despesas domésticas, o que obrigou Taneda a aceitar turmas em duas ou três escolas noturnas. Todas as noites, via-se obrigado a ir a pé de um emprego a outro.

Tametoshi, o mais velho, entrou para uma universidade particular, onde fez fama como atleta, e partiu depois para o exterior. Yoshiko, a menina, nem bem se formara em uma escola para moças e já se tornara atriz de grande sucesso.

Mitsuko, que à época do casamento com Taneda tinha o rosto tão bonito, arredondado, como manda tradicionalmente o padrão japonês de beleza, era agora uma velha gorda, devota fervorosa da seita Nichiren[13], sempre envolvida com religião, eleita finalmente para uma comissão de leigos do templo.

A casa de Taneda estava sempre em polvorosa, algumas vezes parecendo uma assembleia de paróquia, em outras, um bar de gente do teatro, ou, ainda, um pavilhão de esportes. Era sempre tanto barulho que nem os ratos se atreviam a ir à cozinha.

Taneda sempre fora um homem tímido, introvertido. Com o passar dos anos, suportava cada vez menos a natureza expansiva de sua mulher. Não conseguia gostar de nada do que ela gostava. Procurava se concentrar no trabalho e no sustento da família. Permitia-se apenas uma pequena vingança, a vingança dos tímidos: observava sua esposa e seus filhos com olhos distantes e frios.

Na primavera de seus 50 anos, veio a ordem da aposentadoria compulsória. No dia em que foi buscar o dinheiro da pensão, Taneda não voltou para casa. Desapareceu sem deixar traço.

Antes disso, falta acrescentar que um dia, no trem, Taneda havia encontrado Sumiko, uma moça que fora empre-

---

13. A seita do Budismo Mahayana teve destacada importância na renovação espiritual da Idade Média japonesa e no período entre guerras, quando foi associada a grupos ultranacionalistas de direita.

gada por um tempo em sua casa. Naquela ocasião, Sumiko lhe dissera trabalhar em um bar de Komagata, em Asakusa. Taneda passara então a frequentá-lo esporadicamente, para se embebedar de cerveja.

Mas de volta à data em que sumiu. Taneda, com o dinheiro no bolso, dirigiu-se ao edifício onde a garçonete alugava um quartinho e, ao chegar, contou-lhe tudo. Em seguida, pediu para passar a noite com ela...

Daí em diante, ainda me falta descobrir como continuar a história.

Por exemplo, eu posso fazer o protagonista sofrer. A dissolução que começa tarde na vida, diz o ditado, é como chuva de depois do anoitecer — não cessa. A família poderia ir à polícia, preencher um requerimento de busca; um detetive poderia encontrá-lo e tentar convencê-lo a voltar para casa.

Ando pensando em diversas maneiras de descrever a ruína de Taneda. Também tenho refletido sobre que emoções cada estágio da derrocada traria consigo: como ele se sentiria, preso na delegacia; a perplexidade e vergonha estampadas em seu rosto, ao ser devolvido à mulher. Se fosse eu, o que pensaria? Como me comportaria? Afinal de contas, eu também já fora feito prisioneiro da polícia, enquanto carregava um quimono de mulher, em San'ya. Fora severamente interrogado por um guarda. Essa experiência era a melhor fonte de informação que eu podia encontrar para descrever a psicologia do meu personagem.

Quando estou escrevendo uma história, o que me dá mais prazer é escolher e descrever os cenários nos quais ela se passa, onde vivem as personagens, onde se desenrolam os eventos da narrativa. Houve vezes, e não foram poucas, em que cometi o erro de me entreter de tal maneira construindo os panos de fundo que acabei negligenciando as personalidades das minhas criaturas.

Eu queria mostrar como a beleza da Tóquio antiga, de seus bairros famosos, se perdeu depois da reconstrução que se seguiu ao Terremoto de 1923. Por isso, queria que a história de Taneda se passasse em um desses lugares da capital cujo charme de outrora se fora para sempre: Honjo, Fukagawa, os arredores de Asakusa; ou, ainda, poderia fazer com que o professor fosse parar numa viela qualquer do subúrbio da metrópole, onde anos atrás ainda era zona rural.

No começo, tinha para mim que, em minhas andanças, pudera me inteirar satisfatoriamente do estado geral de regiões como Sunamachi, Kameido, Komatsugawa, ou ainda dos arredores de Terajima; no entanto, ao pegar do pincel para escrever, vinha-me de súbito a impressão de que havia lugares aonde minha observação não chegara. Além disso, uma experiência anterior havia me deixado um pouco inseguro. Em 1902 (ou 1903?), eu escrevera um romance sobre uma prostituta da região de Susaki, em Fukagawa. Ao ler meu texto, um amigo me dissera:

— Então você descreve a vida das putas de Susaki e não dedica uma linha sequer aos tufões e enchentes de agosto e setembro? Ou não se lembra, grande romancista, dos vendavais que derrubaram mais de uma vez a torre do relógio de Kinoenero, por onde você volta e meia passa? Para bem descrever, é preciso prestar atenção às estações e ao clima, como fez Lafcadio Hearn em *Chita* ou *Youma*.[14]

---
14. Romances escritos em inglês pelo autor grego naturalizado japonês, respectivamente em 1889 e 1890.

Em uma noite no fim de junho, ainda antes do fim da estação das chuvas, o dia fora tão claro e sem nuvens que mesmo depois do jantar o céu não dava mostras de querer escurecer. Descansei os pauzinhos e saí porta afora, com a intenção de ir até Senju ou Kameido, pegando antes o trem até o Kaminarimon; mas, ao chegar lá, o primeiro ônibus que vi foi o que ia para Tamanoi, e decidi seguir a sugestão dessa coincidência.[15]

O ônibus atravessou a ponte Azuma, dobrou em uma grande avenida à esquerda e atravessou a ponte Genmori; passou pela frente do santuário de Akiba e, um pouco depois, chegou a uma passagem de nível. Dos dois lados da passagem havia bicicletas e táxis esperando o sinal abrir. Um trem de carga passava lento, sacolejando. Havia pouca gente a pé, o que me surpreendeu, a maioria filhos da gente pobre do lugar, em bandos, brincando na rua. Ao descer, vi que a avenida cortava outra que vinha da ponte Shirahige na direção de Kameido. Havia muitos terrenos baldios, tomados pelo mato, com alguns casebres, aqui e ali; as ruas todas se pareciam, e davam uma impressão de abandono. Por um momento, fiquei sem saber que direção tomar.

O bairro me pareceu um bom esconderijo para Taneda, depois de abandonar a família. Afinal, a zona de prostituição de Tamanoi se encontrava perto dali, o que facilitaria a construção do meu desfecho. Caminhei mais cem metros e entrei numa das ruazinhas. Era um caminho tão estreito e tortuoso que dois ciclistas que estivessem carregando sa-

---

15. Senju, Kameido, Tamanoi e Terajima são todos bairros da região leste do rio Sumida. O Kaminarimon ("portal do deus trovão") é o portão de entrada do templo mais importante de Asakusa, o Sensoji.

colas não poderiam passar um pelo outro sem colidir, mas observei que havia casas bem conservadas, com cercas, e gente que parecia voltar do trabalho, homens de terno, e uma ou outra senhora. Um cachorro que brincava na rua, quando fui ver, tinha coleira e licença, e não aparentava estar abandonado. Pouco depois, cheguei ao terminal de ônibus Tobu de Tamanoi.

Dos dois lados da ferrovia, viam-se matagais e casas de campo abandonadas, cobertas de ervas daninhas. Da ponte Azuma até ali não se vê esse tipo de mato denso, com árvores antigas. Em toda parte havia bambus curvados pelo peso de trepadeiras selvagens, que há muito não viam a mão de um jardineiro, e as cercas vivas que ladeavam as valetas estavam recobertas de damas-da-noite em flor. A vegetação luxuriante era de uma beleza tão sofisticada que volta e meia eu tinha de interromper minha caminhada para admirá-la.

Antes, quando ouvia dizer que a região em torno do Santuário Shirahige antigamente se chamara Terajima, a primeira coisa que me vinha à mente eram memórias da casa de campo de Kikugoro.[16] Hoje, quando vejo lugares onde as construções e jardins daquela época ainda não foram destruídos, vêm-me involuntariamente lembranças de outra época, de elegância e beleza que não voltam mais.

Uma placa anunciava que o campo grande coberto de mato, que ia contornando os trilhos até o dique da ponte do trem, estava disponível para venda ou aluguel. Era a ferrovia Keisei, desativada no ano anterior. Ao lado, aos pés de uma escadaria de pedra carcomida pelo tempo, o antigo terminal

---

16. Kikugoro Onoe (1844-1903). Grande ator de *kabuki*, quinta geração da trupe Onoe.

de ônibus de Tamanoi, já começando a desabar e coberto de vegetação baldia, lembrava as ruínas de um castelo.

Afastando o mato estival com as mãos, subi no dique. Lá em cima não havia nenhum obstáculo ao olhar. Para além dos campos e terrenos vazios avistavam-se os novos subúrbios, os casebres com telhado de palha, espalhados desordenadamente, encimados uma vez por outra pelas chaminés das casas de banho, sobre as quais se encarapitava uma meia-lua do sétimo ou oitavo dia do ciclo lunar. De um lado, a paisagem ainda era banhada pela luz do pôr do sol; na direção contrária, o céu já tinha a cor densa e aveludada da noite, e a lua, brilhante como se já fosse mais tarde, lançava sua luz sobre as construções, os anúncios de neon e as vozes distantes dos rádios.

Fiquei ali até a escuridão me esconder os pés. As janelas se iluminaram com as luzes domésticas. De onde eu estava, podia observar sem dificuldade o interior dos quartos miseráveis que ficavam acima do nível da rua. Segui a trilha de pegadas humanas e desci o dique. Logo em seguida, para minha surpresa, cheguei a uma movimentada rua transversal de Tamanoi, onde havia casas de comércio, placas informativas, "Atenção, desvio", "Passagem segura", "Atalho para o ônibus Keisei", "Rua das Moças", "Avenida Prosperidade", e luzes e dizeres.

Depois de caminhar um bom tempo, entrei numa tabacaria localizada numa rua onde havia uma caixa dos correios. Comprei cigarros, paguei com uma nota de cinco ienes e fiquei esperando o troco. De repente, vi um homem de guarda-pó branco correndo para baixo de um toldo do que parecia ser uma lojinha de *oden*[17] que havia do outro lado da rua. Ele gritou:

---

17. Cozido japonês com nabo, ovos, bolinhos gelatinosos de inhame e outras verduras.

— Vai chover!

Logo foram se juntar a ele uma mulher de avental e outros transeuntes, em grande alvoroço. O ar estava carregado de expectativa e apreensão. Ouviu-se algo como o som de uma persiana de bambu que um golpe de vento derrubara; em seguida, papel e lixo encheram o ar, como uma revoada de seres fantásticos. Um relâmpago forte anunciou trovões distantes e a chuva começou a cair, em pingos grossos, esparsos. Estávamos na época de dias bonitos, que mudam sem aviso ao entardecer.

Era meu hábito de muitos anos não cruzar a soleira de minha casa sem ter comigo um guarda-chuva. O dia podia estar lindo — ainda assim, era o início da estação das chuvas, e como sempre eu tinha comigo o guarda-chuva e o *furoshiki*.[18] No que começou o temporal, abri calmamente meu guarda-chuva e me pus a caminhar pela rua repentinamente deserta. Levei um susto quando ouvi, vinda de trás, uma voz feminina:

— Moço, deixe-me ir com o senhor até ali adiante?

Em seguida, vi a alva nuca de uma mulher se instalar no centro da cúpula de meu guarda-chuva. Pelo cheiro de creme para cabelo que exalava o *tsubushi*[19] amarrado com longos fios de prata, podia-se saber que ela vinha do cabeleireiro. A propósito, parecia-me ter passado, um pouco antes, na frente das portas de vidro abertas de um salão de beleza.

---

18. Pedaço de pano utilizado para fazer embrulhos e trouxas.
19. *Tsubushi shimada*, tipo de penteado tradicional japonês. O *shimada* é um coque preso na parte de cima da cabeça, com o rabicho amarrado com uma fita e apontando para a frente. O *tsubushi shimada*, variante um pouco mais frouxa e achatada, era usado por mulheres de mais de 20 anos de idade.

Deu-me pena imaginar aquele magnífico penteado com fios de prata, recém-saído do salão, desfazer-se no vento e na chuva. Ofereci-lhe o guarda-chuva:

— Estou de roupa ocidental, não tem importância se me molhar.

(Talvez fosse melhor dizer que eu estava com vergonha de fazer *aiaigasa*[20] na frente de tantas lojas abertas, com as luzes acesas, cheias de gente.)

— O senhor não se importa? É para esse lado.

E a moça pegou o cabo do guarda-chuva, enquanto com a outra mão levantava sem cerimônia a barra do *yukata*.[21]

---

20. "Dar carona" de guarda-chuva para uma pessoa pela qual se tem um interesse romântico. Quem oferece a gentileza se torna alvo fácil de gozações, especialmente durante a adolescência.
21. Quimono fino, em geral de algodão, que se usa nos meses mais quentes.

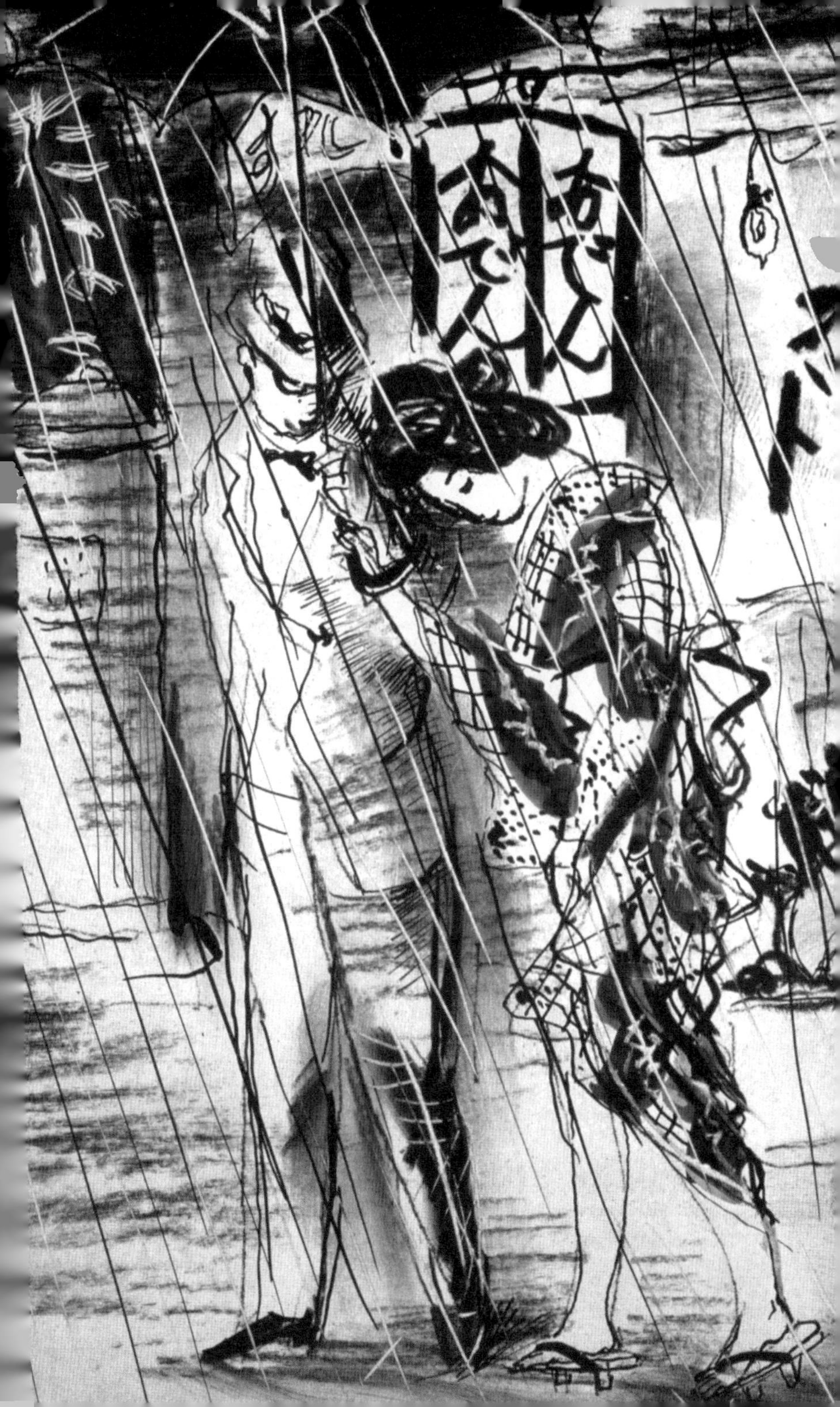

Três

Depois de um clarão, ouviu-se novo trovejar, ao que a mulher soltou um gritinho de susto, que achei meio forçado. Ela deu ainda um passo para trás e segurou minha mão, acrescentando, com familiaridade excessiva:

— Vamos com isso! Rápido!

— A senhorita não precisa ficar me esperando. Pode ir na frente, eu vou depois.

A cada curva do caminho ela se virava para trás, como para se certificar de que não me perdera. Por fim, atravessamos uma pontezinha sobre um canal e chegamos a uma quadra de casas com persianas de bambu na fachada. A mulher parou à frente de uma delas e se voltou para mim.

— Olhe só para você! Coitadinho, está encharcado.

Fechou o guarda-chuva e, pouco se importando com a própria roupa, começou a tentar tirar a água do meu paletó com a palma da mão.

— Esta é a sua casa?

— Vamos entrar e eu seco você.

— Não precisa, é só uma roupa ocidental.

— Pois se estou dizendo que seco! Quero agradecer sua gentileza de alguma maneira.

— E como você pensa me agradecer?
— Não discuta comigo, entre.

Os trovões pareciam estar se afastando, mas a chuva, pelo contrário, se intensificara e dava a sensação de pedras caindo do céu. Não adiantava nem se abrigar ali, atrás da cortina de bambu da varanda, pois mesmo os respingos do chão molhavam muito. Eu não estava em posição de me fazer de difícil e acabei me deixando convencer a entrar.

A porta de correr de dentro era uma grade grosseira de ripas verticais forrada com papel. Havia também uma cortina de fitas com sininhos. Sentei-me no degrau do *genkan* para tirar os sapatos. A mulher limpou os pés com um esfregão e enveredou pela sala da frente, para acender a luz.

— Não tem ninguém, pode entrar.
— Você vive sozinha?
— Vivo. Até ontem à noite tinha mais uma, mas ela se mudou.
— Você é a dona?
— Não. O patrão vive em outra casa. Você sabe o Teatro de Revista de Tamanoi? A casa dele fica ali atrás. Ele vem sempre à meia-noite, fechar as contas.
— Sem o patrão em cima todo o tempo deve ser bem mais tranquilo.

Por indicação dela, sentei-me confortavelmente, com um braço apoiado no joelho, ao lado do fogareiro, enquanto a observava preparando o chá.

Ela devia ter 23 ou 24 anos. Apesar da pele ressecada pelo uso excessivo de pó de arroz, era bem bonitinha. Tinha o nariz reto e o rosto arredondado. A linha do cabelo ainda era jovem, sem entradas. Tinha olhos negros, brilhantes, e lábios e gengivas da cor do sangue, o que denotava uma saúde ainda não comprometida.

— A água daqui é encanada ou é de poço? — perguntei, como quem não quer nada. Se fosse de poço, pretendia apenas fingir que bebia.

Mais do que de doenças venéreas, eu tenho medo é de tifo ou outras enfermidades contagiosas. Já sou velho e meio doido, não tenho medo de males que matam aos poucos.

— Encanada. Você quer lavar o rosto? Tem uma pia com torneira ali — disse ela, alegremente.

— Obrigado, depois eu vou.

— Pelo menos tire esse paletó. Você está todo molhado!

— Também, do jeito que choveu...

— Eu tenho mais medo de relâmpago do que de trovão. Desse jeito, não vai dar para ir à casa de banhos hoje. Você não está com pressa, está? Vou só lavar a cara e retocar a maquiagem e já volto.

Torceu a boca, limpou a oleosidade do rosto com um lenço de papel e dirigiu-se ao lavabo, desfazendo a parte de cima do quimono. Pela cortina de fitas eu podia ver seu torso nu, inclinado para a frente. Seu peito era muito mais alvo do que o rosto. Tinha seios firmes, de mulher que ainda não teve filhos.

— É como se eu fosse o patrão aqui. Tem uma cômoda, um armário de louça...

— Pode abrir. Acho que tem umas batatas...

— Está tudo tão limpinho, tão arrumado. Você está de parabéns. Até o fogareiro está em ordem.

— Eu faço a limpeza todos os dias. Posso morar nessa região, mas sou ótima dona de casa.

— Já faz tempo que vive aqui?

— Um ano e pouco...
— Mas antes de vir para cá você já trabalhava, não é? Você já foi gueixa?

Não sei se ela fez que não ouviu ou se o barulho da água corrente impediu mesmo que ouvisse; o fato é que não respondeu. Ainda com o peito nu, sentou-se diante do espelho e, com a ajuda de um pente, pôs-se a alisar as madeixas das têmporas. Depois, passou pó de arroz nos ombros.

— Onde mais você trabalhou? Conte-me pelo menos isso...
— Não foi em Tóquio.
— Foi perto de Tóquio?
— Não, longe...
— Na Manchúria?
— Utsunomiya. Meus quimonos são todos de lá. Mas chega de perguntas.

Levantou-se e pôs um quimono sem forro, que estava pendurado no cabide ao lado. A roupa era estampada da cintura para baixo, e ela a amarrou com um cintinho quadriculado de vermelho, que combinava bem com os fios de prata de seu coque, dando um grande nó na parte da frente. Vestida assim, ela parecia uma prostituta do período Meiji. Enquanto ajeitava as dobras do tecido, sentou-se ao meu lado, pegou um Golden Bat de cima da mesinha, acendeu-o e me ofereceu, dizendo:

— Você pode me deixar uma ajudinha. Dá sorte.

Eu não era de todo ignorante dos costumes lúdicos do lugar. Respondi:

— Cinquenta centavos, pelo chá?
— Pela regra, sim.

Ela estendeu a mão, rindo.
— Bom, então digamos que eu fiquei aqui uma hora...
— Muito obrigada.
— Mas em troca... — aproximei-me de seu ouvido e murmurei-lhe algo.
— Eu, hein! — ela respondeu, contrariada. — Seu bobalhão! — e me deu uma tapa no ombro.

Aqueles que leram os romances de Junsui Tamenaga sabem que de vez em quando o autor inclui no texto alguns parágrafos em defesa de uma ou outra personagem, ou mesmo do próprio narrador. Por exemplo, depois de narrar uma cena em que a mocinha, apaixonada pela primeira vez, se atira com volúpia nos braços do amado, Tamenaga nos adverte que não devemos julgá-la com severidade, pois a mais pura donzela, quando abre seu coração, é capaz de arroubos mais intensos do que a gueixa mais experiente. Ou, ainda, quando uma prostituta encontra um amigo de juventude, ele observa que, nessa situação, ela deixa de ser uma profissional e pode enrubescer e ficar inquieta como uma menina. Essas são observações de alguém que tem muita vivência, e não cabe ao leitor criticar o romancista por fazê-las.

Se me permitem, vou fazer uma ou duas ressalvas aqui, à maneira de Junsui. Haverá quem ache que essa moça agiu de maneira muito fantasiosa ao abordar um estranho como eu na rua. No entanto, neste caso, eu nada mais faço do que anotar o que realmente aconteceu, sem enfeitar os fatos. Não há aqui nenhum artifício de romancista. Haverá quem me critique por criar uma cena em que o protagonista encontra uma mulher na chuva, ao som da trovoada. Que lugar-comum, dirão. No entanto, eu decidi precisamente manter o cenário do encontro tal como ocorreu pelo fato mesmo de ser um clichê. Foi isso que primeiro me chamou atenção no incidente, e o motivo que me levou a querer registrá-lo por escrito.

Na região de Tamanoi, dizem haver umas seis ou sete centenas de putas; dentre elas, uma em cada dez talvez ainda use o penteado à moda antiga. A maioria se veste como as garçonetes de bares, com quimonos modernos, ou ainda à ocidental, como as vedetes. A mulher que me dera refúgio contra o temporal pertencia ao pequeno grupo das que ainda se vestiam como outrora, e foi essa sensação — de que ela pertencia a uma cena esmaecida de outros tempos — que me levou a usar este estilo edulcorado e a querer evitar ferir a descrição da realidade com o simples intuito de ser mais original.

E a chuva não cessava.

Ao chegar ali, a chuva era tanta que nós não conseguíamos nos entender sem falar alto. Depois, no entanto, a chuva e o vento amainaram, e os trovões ficaram distantes. Ouvia-se apenas o abafado som de pingos que tamborilavam suavemente no telhado ou que caíam ainda da soleira. Da rua, não se escutava viva alma. De repente, uma voz estridente, acompanhada de passos de tamanco, fez-se ouvir:

— Ai que horror, até aqui tem *dojo*![22]

A mulher se levantou e foi olhar a rua.

---

22. *Dojo* ou peixe da lama. *Misgurnus anguillicaudatus*. Peixe pequeno, comum na Ásia, que por ser muito resistente vive mesmo em cursos d'água sujos e urbanos.

— Não tem problema. Se o canal tivesse transbordado, a água já teria chegado aqui.

— Parece que amainou um pouco.

— É, só que quando chove de tardezinha, mesmo que depois faça tempo bom, o movimento diminui do mesmo jeito. Você não precisa ir embora, pode ficar. Daqui a pouco vou fazer a janta...

Do armário da cozinha ela tirou um prato com nabo em conserva, uma tigela de *ochazuke*[23] e uma panelinha de alumínio. Abriu a panela, deu uma cheirada e levou-a ao fogo. Fui ver o que era — batata-doce.

— Ah, tinha esquecido! Eu também tenho uma coisa boa para a gente comer.

Tirei do casaco um pacote de alga *asakusanori*, que havia comprado em Kyobashi, enquanto esperava o trem.

— Era presente para a sua mulher?

— Sou solteiro. Eu mesmo tenho que comprar os mantimentos da casa.

— Então você tem uma namoradinha em alguma *garçonnière* por aí — disse ela, e caiu na gargalhada.

— E você acha que eu estaria aqui se tivesse *garçonnières* e namoradas? Nem que o mundo viesse abaixo! A essas alturas, já teria voltado para casa.

— Lá isso, é — ela parecia ter aceitado meus argumentos.

Abriu a panela e me perguntou:

— Você vai comer comigo, não é?

— Eu já comi.

— Então vire para lá.

---

23. Arroz com chá verde.

— É você mesma que cozinha?
— Não, vem alguém trazer comida ao meio-dia e à meia-noite.
— Quer que eu faça mais chá? A água esfriou.
— Você é muito gentil. Ai, que coisa boa. É tão bom ter alguém com quem conversar enquanto a gente come.
— Eu também não gosto de comer sozinho.
— É horrível. Quer dizer então que você vive mesmo só. Coitadinho.
— Dispenso sua pena.
— Não precisa se preocupar. Eu arrumo alguém para você.

Ela comeu, feliz, duas tigelas de *ochazuke* e depois foi lavar com grande barulho a louça e os pauzinhos, que guardou de volta no armário. Juntando o queixo ao peito, tentou segurar um arrotinho provocado pelo nabo.

Na rua, ouviam-se passos e as vozes das mulheres chamando: "Ó freguês! Pode entrar! Venha cá!".

— A chuva parou. Posso vir mais vezes?
— Sempre que quiser. Durante o dia, também estou aqui.

Ela me ajudou a pôr o paletó e, enquanto ajustava a dobra da gola, de pé atrás de mim, esticou o pescoço e colou sua bochecha na minha.

— Venha mesmo, viu?
— E como é o nome desta casa?
— Espere, que já trago o cartãozinho.

Enquanto eu calçava os sapatos, ela tirou de uma caixinha que ficava debaixo da janela um cartãozinho em forma de

palheta de *shamisen*[24] e me entregou. Nele, estava escrito: "Yukiko a/c Ando Masa. 2-61-7 Terajima".
— *Sayonara.*
— Volte direitinho para casa, viu?

---

24. Instrumento de cordas, nativo da ilha de Okinawa.

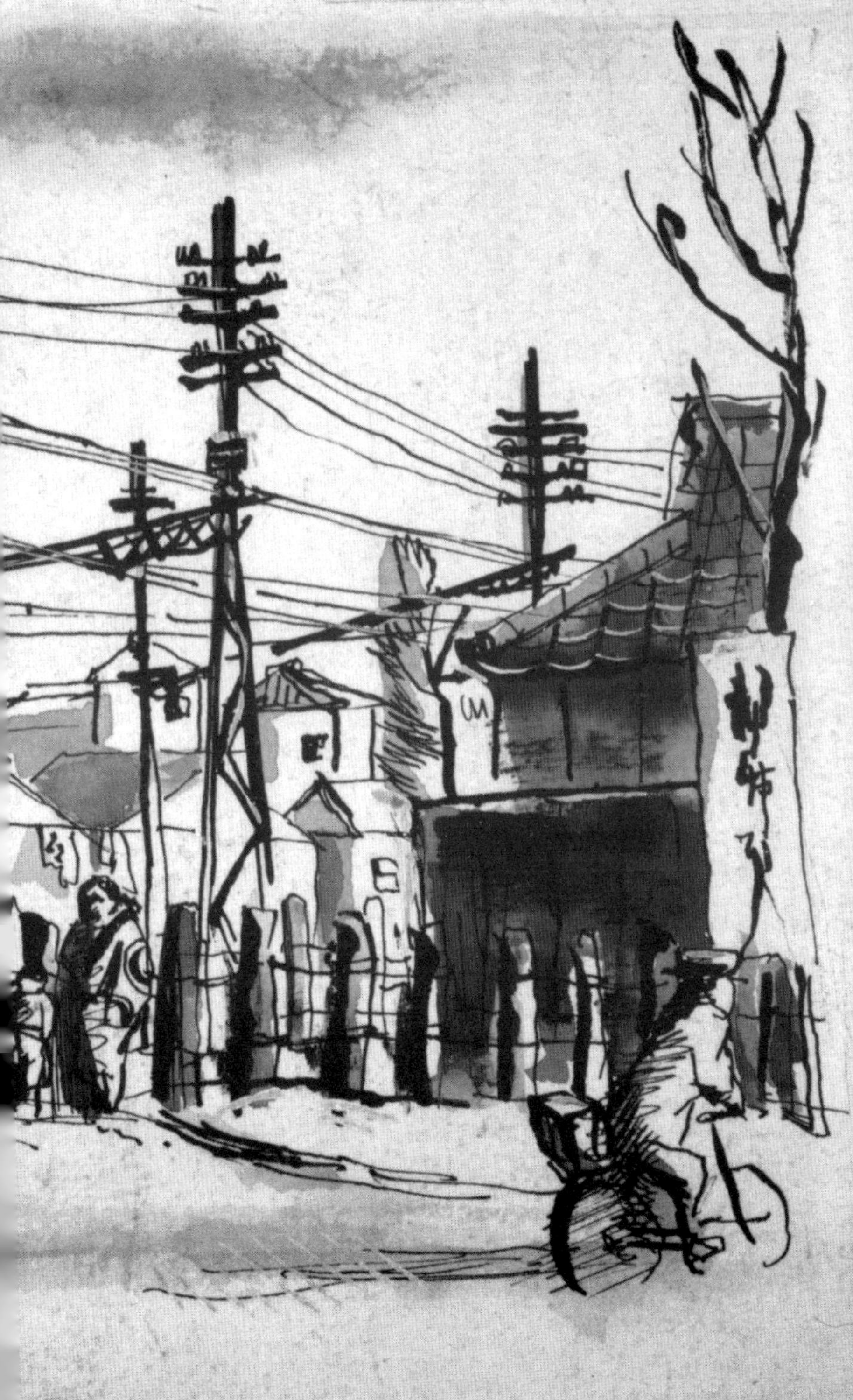

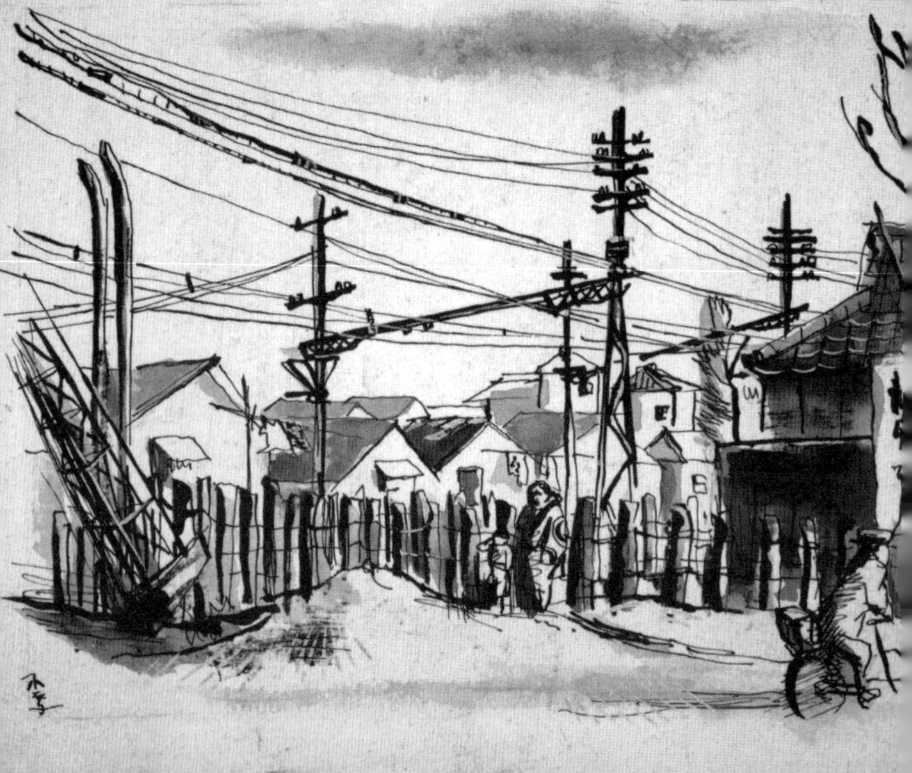

Um trecho do romance O desaparecimento

Junpei Taneda, no centro da ponte Azuma, observa, apoiado ao parapeito, o relógio das Lojas Matsuya e as pessoas que vêm e vão. Aguarda a passagem da garçonete Sumiko, que combinou de encontrá-lo ali, depois de fechar o café e fazer uma grande volta, para despistar.

Já não havia mais táxis nem trens. Nesse horário, em virtude de uma onda repentina de calor desde alguns dias, diversos homens em mangas de camisa se sentavam ali para se refrescarem ao vento. Passavam também muitas mulheres, talvez garçonetes que trabalhavam nas redondezas, carregando pacotes, com ar afobado para chegar logo em casa. Taneda ficaria essa noite no apartamento da moça. Precisava decidir tranquilamente o que fazer da vida. Não lhe ocorrera pensar o que aconteceria com Sumiko. Na verdade, sua cabeça estava muito ocupada com outros pensamentos. Uma raiva vinha se formando dentro dele por conta dos vinte anos que sacrificara pela família.

— Desculpe a demora — Sumiko chegara mais rápido do que ele imaginara. — Eu sempre venho pela ponte Komagata, mas hoje estava com a Kaneko, e ela fala sem parar...

— Agora não tem mais trem.
— Dá para ir a pé, são só três paradas daqui. Dá para pegar um táxi, também, se o senhor quiser.
— Tomara que tenha algum quarto vago.
— Se não tiver, o senhor pode ficar lá em casa. É só uma noite.
— Você não se importa?
— Com o quê?
— Esses dias, saiu no jornal que prenderam umas pessoas que estavam num apartamento...
— Depende do lugar. No edifício onde eu moro, a gente tem mais liberdade. Quase todas são garçonetes ou têm um homem que as sustenta. Dizem que, durante o dia, o apartamento da minha vizinha é um entra e sai de gente.

Antes de chegarem ao fim da ponte, passou um táxi que concordou em levá-los até o Santuário Akiba por trinta centavos.

— Esta vizinhança é bem diferente. Até onde vai o trem?
— O fim da linha é Mukojima. Em frente a Akiba. O ônibus vai mais adiante, até Tamanoi.
— Tamanoi é por aqui, não?
— Como o senhor sabe?
— Fui uma vez de visita. Cinco ou seis anos atrás.
— É bem animado. À noite, tem barraquinhas nas ruas, e espetáculos nos terrenos baldios.
— É mesmo?

Enquanto Taneda observava a paisagem, o táxi chegou ao destino combinado. Sumiko fez menção de abrir a porta do carro.

— Pode parar aqui — disse, e entregou as moedas ao taxista.
— Vamos por ali, que deste lado tem um postinho policial.

Seguindo o muro do santuário e dobrando em seguida, viam-se as luzes dos prostíbulos iluminando uma ruazinha lateral. De repente, chegaram a um quarteirão escuro, ao fim do qual havia um prédio de cimento com um luminoso em que se lia: EDIFÍCIO AZUMA. Sumiko abriu a porta, entrou, tirou as sandálias de rua e as guardou numa caixa com o número de seu apartamento. Taneda ia fazer a mesma coisa, mas ela lhe disse para levar os calçados para o quarto, pois ali eles chamariam a atenção.

A moça deu suas pantufas para o homem calçar e se dispôs a carregar os tamancos dele, tomando a dianteira na escada.

A fachada e as janelas do prédio eram em estilo ocidental, mas o interior era japonês, com pilares finos. As tábuas da escada e do corredor rangiam. Em um canto havia uma copa, onde uma mulher de camisola, cabelos curtos, desgrenhados, esperava a chaleira ferver.

— Boa noite — disse Sumiko, sem cerimônia, enquanto abria a porta de seu apartamento.

Era um quarto de seis tatames sujos. De um lado, havia um armário embutido com portas de correr de papel. Do outro, uma estante. Na parede lateral, estavam pendurados um *yukata* e uma camisola de *voile*. Sumiko foi abrir a janela, de onde pendiam anáguas e meias, e disse:

— Aqui faz menos calor.

Depois, ajeitou uma almofada abaixo do parapeito, para que Taneda se sentasse.

— Deve ser bom viver sozinha assim. Não deve nem dar vontade de se casar.

— Meus pais vivem me dizendo para voltar para casa, mas a essa altura eu não conseguiria.

— Eu me arrependo de ter demorado tanto para compreender as coisas. Agora estou muito velho.

Taneda olhou para o céu, para além das anáguas secando, e acrescentou, de supetão:

— Você não perguntaria para mim se tem um quarto vagando?

Sumiko saiu porta afora com uma chaleira na mão, como quem vai fazer chá. No caminho, encontrou outra moça, com quem ficou conversando por algum tempo. Ao voltar ao quarto, disse:

— Parece que o apartamento da outra ponta está para alugar. Só que a zeladora já foi embora.

— Bom, então hoje não tem como.

— Ai, o que é que tem, fique aqui uma noite ou duas. Ou o senhor se importa?

— Eu? Eu, não. E você? — perguntou Taneda, de olhos arregalados.

— Eu posso tanto dormir aqui como ir dormir na vizinha, a Kimi-chan. Quer dizer, se o namorado dela não estiver aí.

— Você não tem namorado?

— Não. No momento, não. Não precisa se preocupar. Mas vou me sentir mal se o senhor ficar me olhando como mulher.

Taneda fez uma cara de quem ia rir, depois uma cara de pobre coitado, e terminou mudo, sem dizer nada.

— Pois o senhor não tem uma esposa maravilhosa, uma filha exemplar?

— Aquilo lá? Não. Pode ser que seja tarde, mas hoje começa uma nova vida para mim.

— O senhor vai se separar?

— Sim. Mais que isso, vou me divorciar.

— Até parece que é fácil.

— Eu sei que não é. Por isso decidi que vou fazer o que for necessário, mesmo que tenha de ultrapassar todos os limites. Vou me esconder por algum tempo. Dessa maneira, vou preparando a separação final. Sumiko, não quero incomodar você. Acho melhor não dormir aqui. Vou dar uma volta por Tamanoi, para ver se acho alguma coisa.

— Senhor Taneda, escute-me. Eu também estou com um problema. O senhor não pode ficar aqui e conversar comigo? A gente não dorme, e fica discutindo nossos problemas...

— Nesta época do ano, amanhece tão cedo...

— Uns dias atrás a gente foi a Yokohama de carro, e na volta o sol já estava nascendo...

— Faço ideia das coisas pelas quais você não deve ter passado antes de ir trabalhar para a gente. E depois de se empregar como garçonete, também...

— Uma noite só não basta para contar tudo.

— É... — Taneda riu, constrangido.

Por algum tempo, o barulho cessara naquele andar; agora, escutavam um homem e uma mulher conversando. Ouvia-se a água fervendo na copa. Sumiko parecia determinada a falar mesmo a noite toda. Tirou o cinto, dobrou-o cuidadosamente, fez o mesmo com as meias e guardou tudo no armário embutido. Depois, limpou a mesinha e se pôs a preparar o chá.

— E por que o senhor acha que eu acabei vindo parar aqui?

— E todo o mundo não quer vir morar em Tóquio?

— É, tem isso. Mas, mais que o fascínio da cidade grande, o motivo mesmo é que eu odiava os negócios do meu pai.

— Que negócios?

— Ele se diz um defensor dos fracos — a voz de Sumiko se tornou um murmúrio —, mas eu digo que ele não passa de um ladrão comum.

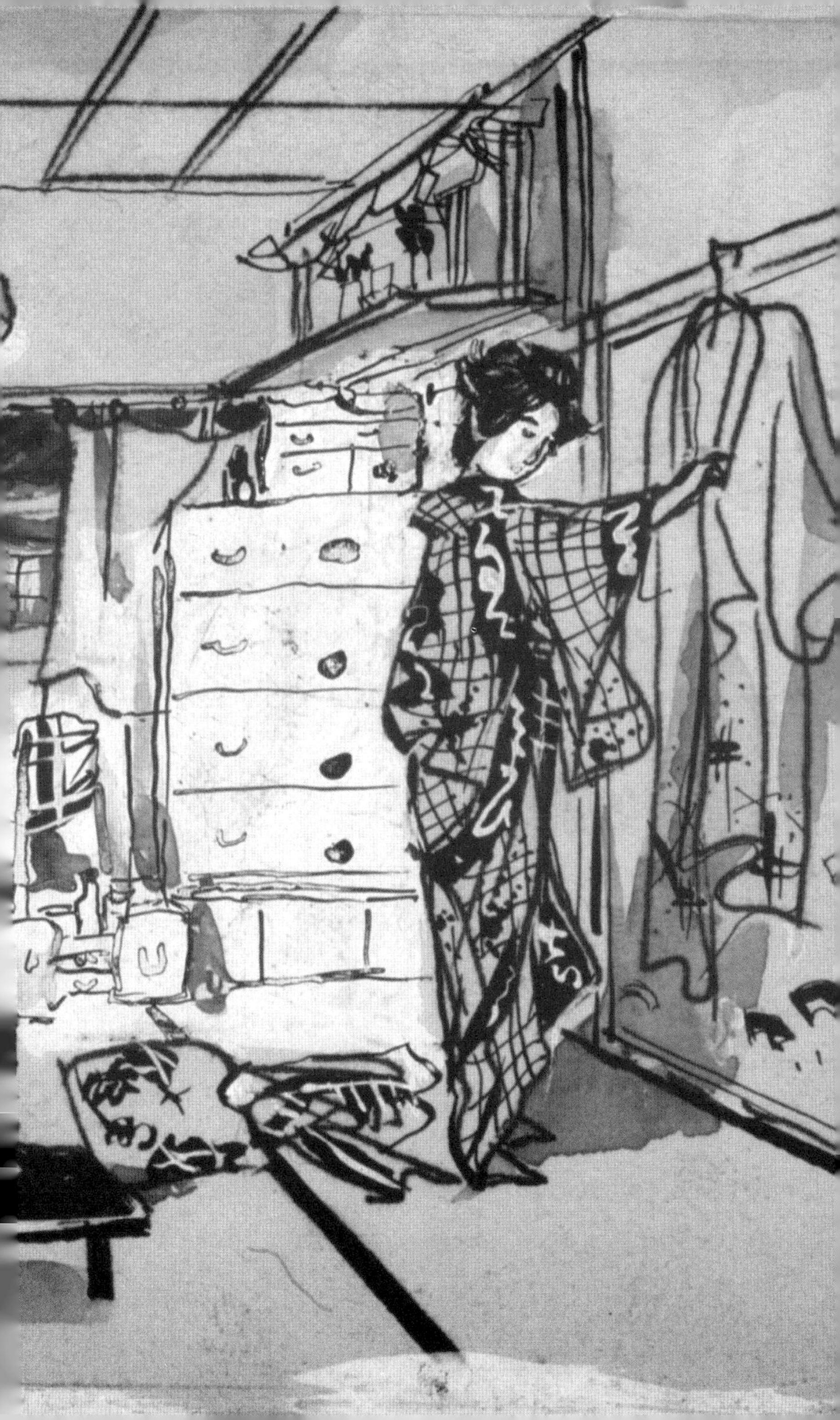

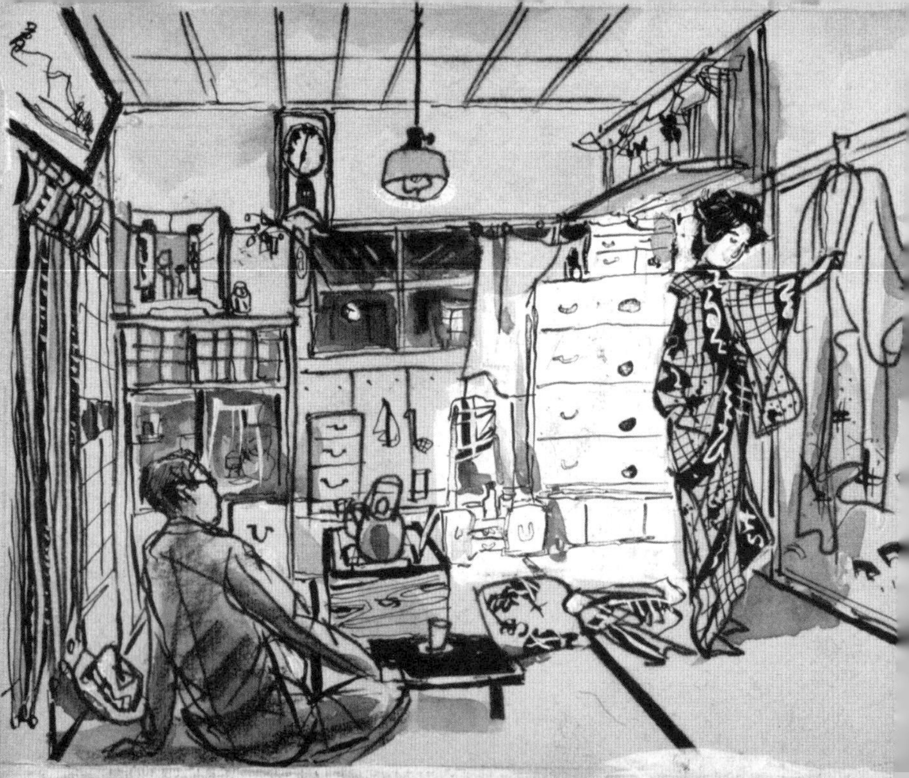

Depois do fim das chuvas, no meio do verão, as pessoas deixam a casa toda aberta e a gente ouve barulhos da vizinhança que antes não percebia. O que mais me incomoda é ouvir, através da cerca de ripas, o rádio da casa ao lado. Tenho o costume de esperar que escureça para, quando já não está tão quente, pôr-me diante da escrivaninha, sob a lâmpada. Mas é bem nessa hora que começam os sons agudos do rádio do vizinho, e só cessam depois das nove da noite: debates políticos em dialeto de Kyushu, contação de histórias ao som do *shamisen* e leitura de textos com trilha sonora de música estrangeira, no pior estilo peça estudantil. Os moradores de outras casas dos arredores parecem não se contentar com o rádio, e tocam as canções da moda ao gramofone. Para evitar essa barulheira, no verão janto apressado ou deixo para comer na rua, e às seis da tarde saio de casa, sem falta. Não é que saindo eu deixe de ouvir o som do rádio — as casas e lojas que ficam à beira da avenida são ainda mais barulhentas —, mas os sons da cidade, todos misturados, rádio, carros, trem, são bem menos irritantes de ouvir ao ar livre do que encerrado em minha biblioteca.

Já fazia dez dias que eu não tocava no manuscrito de

O desaparecimento, devido aos rádios dos vizinhos. Parecia que minha inspiração não ia mais voltar.

Nesse ano, como nos anteriores quando chegou o verão, comecei a sair ao entardecer. No entanto, não tinha para onde ir, nem caminho certo a percorrer. Quando o saudoso Soyo Kojiro[25] ainda era vivo, não deixávamos nunca de ir a Ginza ao entardecer, para nos refrescarmos. Nessa época, cada noite era mais interessante do que a anterior; mas, depois que ele se foi, as cores da noite parecem ter perdido seu encanto para mim. Além disso, determinados acontecimentos ulteriores me levam a pensar duas vezes cada vez que me dá vontade de ir a Ginza. É que, sempre que eu passo antes por Owari, dou de cara com um condutor de riquixá com cara de poucos amigos — pior, com cara de assassino, mesmo —, que conheço desde antes do Terremoto de 1923, quando ele trabalhava numa casa de gueixas de Shinbashi. De uns tempos para cá, ele resolveu tirar dinheiro das pessoas, fazendo ameaças, e cada vez que me vê ele me incomoda até eu pagar.

A primeira vez que isso aconteceu foi na esquina do Edifício Kurosawa. Ele conseguiu me tirar uma moeda de prata de cinquenta centavos. Péssima ideia a minha, de achar que pagando me livraria do meliante. Depois disso, cada vez que me via, se eu não pagasse, ele me enchia de impropérios, chamando a atenção dos transeuntes, armando um escândalo. Acabei dando-lhe outra moeda de prata. Convicto de que não era o único de quem ele estaria extorquindo gorjetas, consegui uma noite convencê-lo a ir, sob algum pretexto, até

---

25. Amigo de infância de Nagai Kafu. Faleceu em 1935.

o posto da polícia do cruzamento central, mas, chegando lá, quando quis fazer a denúncia verifiquei que não apenas os guardas eram amigos de longa data do sujeito como também não iam se dar o trabalho de fingir que prestavam atenção às minhas queixas. Já o vi às gargalhadas com os policiais do posto de Izumo... digo, do sétimo quarteirão (sempre confundo o nome desse lugar). Tudo indica que os vigilantes da lei desta cidade preferem dar ouvidos a gente como aquele desclassificado a acreditar em cidadãos como eu.

E foi por esse e outros motivos que acabei decidindo me dirigir à outra margem do rio Sumida, para encontrar a moça que vive perto do dique, aquela que se chama Oyuki[26], e descansar um pouco a seu lado.

Lá pelo terceiro ou quarto dia em que fazia esse trajeto desde Azabu, ele começou a me parecer menos longo. Também a baldeação que tinha de fazer nas estações de Kyobashi e Kaminarimon se tornara um hábito, de tal maneira que agora mudava de trem sem pensar no que estava fazendo. Com o tempo, aprendi em que dias e horários as linhas ficam lotadas e passei a evitar a hora do *rush,* o que até me permitia ir sentado e lendo até o fim do trajeto.

Já não lia mais dentro do trem desde 1920, quando começara a usar óculos para a vista cansada; mas, agora que tinha esse trajeto tão comprido de ida e volta do Kaminarimon, retomara a leitura. Como não tinha mais o hábito de comprar jornais ou revistas, levava comigo um livro que achara ao acaso: *As 24 vistas do rio Sumida,* de Gakkai Yoda.

---

26. O nome dela seria Yukiko, podendo ser abreviado como Oyuki. O ideograma de *yuki* significa "neve".

O longo dique tem seus meandros. Traça uma curva do santuário de Inari em Mimeguri até o Chomeiji, o Templo da Longevidade. As cerejeiras em flor desse templo são as mais numerosas e belas. Era ali que Ieyasu Tokugawa, o mais poderoso xogum, treinava seus falcões, no período Kan'ei. Quando teve uma enfermidade no estômago, foi a água do poço do templo que o curou. O xogum disse: "Sendo esta a água da longa vida, chamem este poço de Poço da Longevidade, e este templo, de Templo da Longevidade." E foi assim que o templo passou a ter esse nome. Anos depois, Matsuo Basho esteve ali e escreveu um haicai sobre a neve, que permanece até hoje na memória dos homens. E o xogum era poderoso e morreu; e Basho era um homem pobre e morreu; e os dois têm a mesma fama entre os homens, pois eis que a memória daqueles que já foram se preserva por seus feitos, e não pela nobreza de sua linhagem.[27]

E a mim me parecia que a paisagem que tinha à minha frente ganhava em cor pelas palavras do sábio Gakkai.

A cada três dias, mais ou menos, eu comprava mantimentos a caminho de Tamanoi. Nessas ocasiões, comprava também um presente para Oyuki. Na quarta ou quinta vez em que isso aconteceu, uma dupla consequência se revelou.

Oyuki começou a observar que eu só comprava enlatados e que havia botões faltando em minhas roupas, e concluiu que eu realmente morava só. Sendo eu sozinho no mundo, não tinha a mínima importância, portanto, que fosse até lá todas as noites. Mal sabia ela que eu vinha fugindo do barulho de

---

27. Em chinês clássico (*kanbun*), no original.

um rádio, e que, não tendo predileção por teatro ou filmes, não tinha outro lugar aonde ir. É claro que jamais lhe ocorreria pensar que eu vinha vê-la todas as noites por falta de opção. Por sorte, nunca tive de lhe dar explicações, mas comecei a ficar preocupado que ela pudesse achar que meu dinheiro vinha de negócios escusos. Resolvi sondar sua opinião sobre o assunto, como quem não quer nada, ao que a mulher respondeu que não se importava com a origem do dinheiro, desde que no final de cada noite houvesse pagamento.

— Tem gente que gasta muito mais dinheiro aqui. Uma vez tive um cliente que ficou um mês hospedado comigo!

— Um mês? E vocês não chamaram a polícia? Nos bordéis de Yoshiwara, a primeira coisa que fazem quando surge um cliente suspeito assim é chamar os guardas.

— Aqui também, dependendo da casa.

— E esse sujeito, de onde tinha tirado tanto dinheiro? Ele era ladrão?

— Era funcionário de uma loja de tecidos. Um belo dia, veio o patrão dele aqui para buscá-lo.

— O malandro fugiu com o faturamento!

— Ao que tudo indica.

— Bom, comigo você não tem que se preocupar.

Oyuki não respondeu, como se aquele assunto não lhe dissesse respeito.

Por outro lado, a minha profissão, ao que parece, já fora arbitrariamente identificada por ela.

As portas de correr do segundo andar da casa eram decoradas com reproduções de gravuras de belas mulheres. Pelo tamanho — 30 cm x 25 cm —, elas vinham provavelmente de revistas; algumas delas, como *As pescadoras de conchas*, de

Utamaro, e *As belas banhistas*, de Toyonobu, eu me lembrava de ter visto na revista *Konohana*. Havia também uma ilustração tirada do livro erótico de Hokusai, *Fukutokuwa Gojin*, mas o homem fora recortado e restara apenas a figura da mulher. Eu explicara a Oyuki os detalhes de cada um desses desenhos. A esse incidente vinha se somar o fato de que, quando ela tinha de atender algum cliente no quarto de cima, eu ficava no térreo, escrevendo em uma caderneta. Isso a fez pensar que eu era um *marchand* de desenhos "secretos". Um dia, ela me pediu de presente um livro de ilustrações picantes.

Eu ainda tinha alguns livros que colecionara ao longo de vinte, trinta anos, e uma vez levei-lhe três ou quatro deles de presente. E foi assim que a origem pouco respeitável de meu dinheiro foi atribuída ao comércio de pornografia. Oyuki passou a fazer menos cerimônias em minha presença, como se eu já não fosse mais um cliente qualquer em sua casa.

Não preciso aqui explicar, creio eu, ou ao menos não preciso provar, que as "mulheres da vida" não temem nem abominam os homens que a sociedade rejeitou; antes, reservam-lhes afeto e compaixão. São inúmeros os exemplos, mas vou citar apenas alguns: a gueixa de Kamogawa que acolheu um homem perseguido pelo xogum; aquela outra que, miserável, deu tudo o que tinha a um viciado em jogo; Tosca, que sustentava um fugitivo arruinado[28]; e Michitose, que não hesitou em se entregar a um vagabundo desprezível.

---

28. Na verdade, Tosca (personagem principal da peça homônima de Sardou de 1887 e da ópera de Puccini de 1900) não era prostituta, e sim cantora. Nagai Kafu pode tê-la confundido com Violetta, a protagonista de *La Traviata* (ópera de Verdi de 1853, baseada na peça *A dama das camélias*, de Dumas Filho, de 1852), ou incorrido no preconceito, comum em sua época, de que as artistas são prostitutas.

Eu só temia um dia encontrar, em minhas andanças pela linha Tobu, algum colega repórter ou escritor. Outras pessoas que eu encontrasse pelo caminho não me provocavam a mínima apreensão — podiam me seguir, se quisessem, eu não me importaria. Há muito eu perdera o respeito dos moralistas do mundo. Nem os filhos de meus parentes vinham mais me visitar. Só temia o julgamento daqueles que viviam na torre de marfim das letras. Dez anos antes, quando Ginza começara a ser o bairro da moda e eu vivia nos bares e cafés, acabara adquirindo uma reputação de bêbado. A *Bungei Shunju* de abril de 1929 chegara ao cúmulo de me dar a alcunha de "aquele que estaria melhor morto"! Cheguei a pensar que essa revista, que me acusou também de ser um "desencaminhador de donzelas", estava em campanha para me difamar, como se eu fosse um criminoso. Tremia em pensar o que se publicaria em suas páginas se minhas más frequentações à outra margem do rio caíssem na boca do povo.

E foi assim que adquiri o hábito de prestar muita atenção e olhar para os lados cada vez que subia ou descia de um trem, passava pelas lojas cheias de gente ou andava nas ruelas movimentadas de Tamanoi. E essa experiência me veio a ser muito útil quando tive de descrever os sentimentos de Taneda, a personagem principal de minha história, *O desaparecimento*.

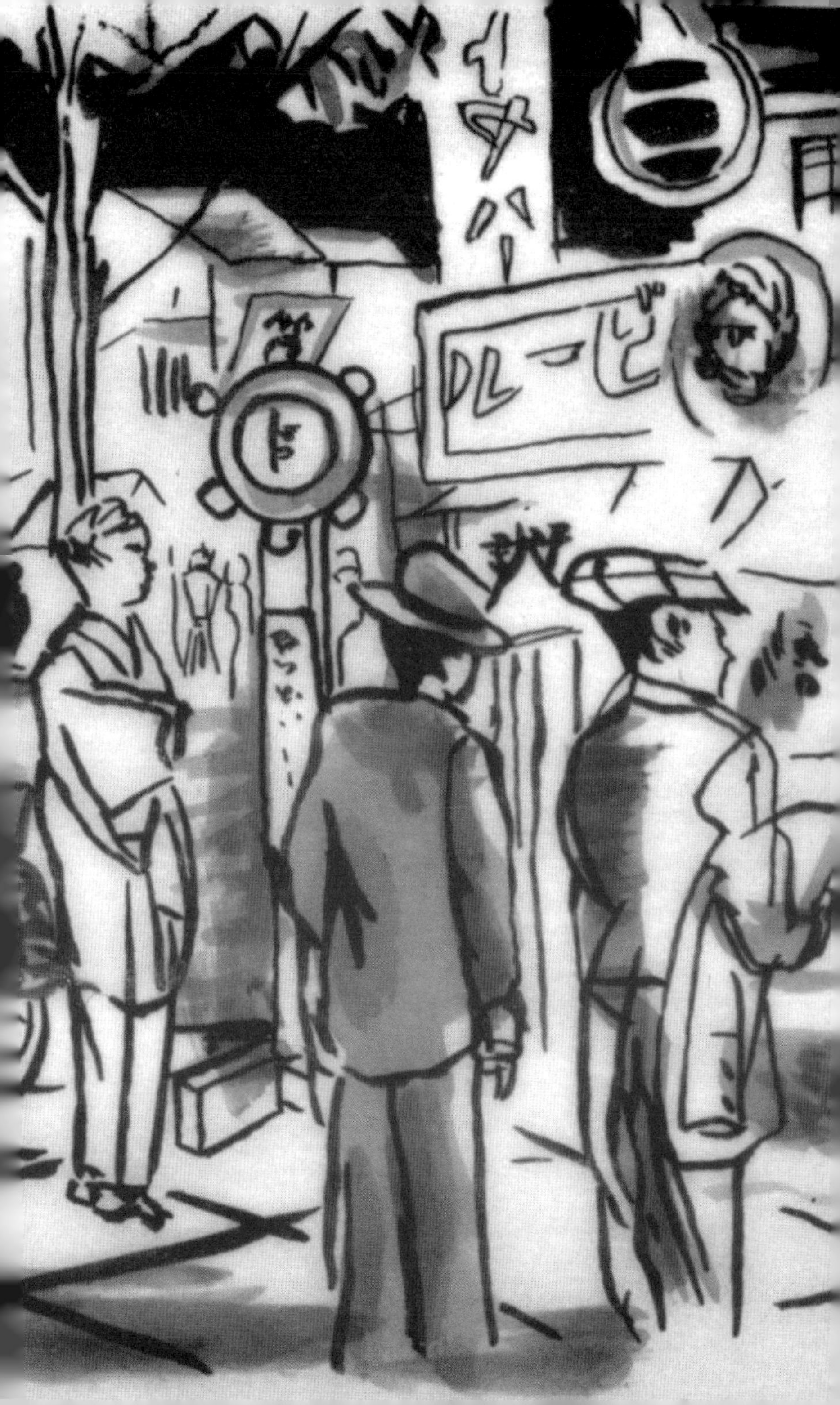

Seis

O leitor já sabe que a casa que eu frequentava, ao lado do dique, ficava no número sessenta e tantos do sétimo quarteirão de Terajima. Ficava escondida no noroeste do bairro, em um canto que não chamava a atenção. Se fosse em Yoshiwara, isso equivaleria a dizer que a casinha ficava no primeiro quarteirão de Kyomachi, ou perto do canal do oeste.[29] Pois bem, permitam-me agora bancar o sabichão e contar um pouco da história do bairro, que eu acabei de ficar sabendo.

Entre 1918 e 1919, as muralhas dos fundos do Grande Templo de Asakusa foram destruídas para dar lugar a uma grande avenida. As academias de arqueiros e casas de prostituição que se amontoavam contra o grande muro foram desapropriadas e se mudaram desordenadamente para o outro lado do rio, onde foram se instalar ao longo da avenida Taisho, por onde passa hoje o ônibus Keisei. Quando a mesma coisa aconteceu ao templo Denpoin, de lá vieram mais bordéis, e o fenômeno se repetiu quando foi destruído

---

29. O bairro de Yoshiwara, tradicionalmente, era dividido em setores, de acordo com o "nível" dos bordéis. O primeiro quarteirão de Kyomachi e os prostíbulos perto do canal do oeste eram os de mais baixa categoria.

o circo de malabaristas de Egawa, até que chegou um dia em que a avenida Taisho era uma sucessão interminável de casas de tolerância e biroscas mal-iluminadas. Os transeuntes tinham o chapéu roubado em plena luz do dia. A polícia começou a fazer uma fiscalização mais rigorosa, o que forçou os empresários da noite a se mudarem da avenida para as travessas. Na margem de cá do rio, os donos de bordéis em volta da torre de Ryounkaku e das ruelas ao norte do parque fizeram de tudo para permanecer na região de Asakusa, mas o Terremoto de 1923 acabou completamente com as atividades dos cafetões e os estabelecimentos de madames a oeste do Sumida. Durante algum tempo depois da catástrofe, todos eles foram se instalar em torno da avenida Keisei. Alguns deles começaram a se organizar, fundando um sindicato de gueixas.[30] O distrito do lado de lá do rio ia ganhando fama e tamanho e, com o tempo, foi adquirindo a aparência que tem hoje. Antigamente, a única maneira de se chegar ao bairro boêmio era atravessando a ponte Shirahige e, até o ano passado, quando ela foi desativada, a parte mais movimentada da região era o entorno da estação Keisei.

Na primavera de 1930, por ocasião do Festival da Reconstrução de Tóquio, abriu-se uma nova rua que ligava a ponte Azuma a Terajima. Construiu-se um novo terminal de ônibus perto do sétimo quarteirão; o trem passou a ter uma linha que ia até o santuário de Akiba; e a empresa municipal de ônibus aumentou o trajeto do circular para que ele passasse também

---

30. Na verdade, esses "sindicatos" não eram de gueixas, e sim de cafetões. As prostitutas eram numeradas, registradas e tinham de pagar uma taxa referente a cada rendimento, que era recolhida e redistribuída entre os donos dos prostíbulos.

na outra margem. A empresa ferroviária Tobu construiu a estação de Tamanoi no sudoeste do distrito, oferecendo trens até a meia-noite; e agora se podia ir de Asakusa ao bairro boêmio a qualquer hora por seis centavos. A parte do distrito que era considerada como "os fundos" passou a ser "a frente", e vice-versa. Os prédios públicos, como os bancos, correios, casas de banho, teatros de revista, cineteatros, assim como o Santuário Inari de Tamanoi, continuaram todos onde sempre foram — na avenida Taisho. Já na rua que saía da ponte Azuma, que o populacho passou a chamar de "Avenidinha" ou "Rua Nova", congestionada com táxis, camelôs e tendinhas de comida e bebida, não se via um policial e nem havia banheiros públicos. E assim é que mesmo os subúrbios mais afastados não estão livres das vicissitudes do tempo — o que dizer, então, da vida dos indivíduos?

Aquela casa ao lado do dique, onde eu ia descansar, a casa de Oyuki, fora esquecida pelas mudanças do tempo, preservando, de alguma maneira, memórias do início do período Taisho, quando esse bairro começara a prosperar. Era um pouco como eu, testemunha de uma época passada, o que me fazia sentir um estreito vínculo com o lugar. Para chegar ali, tinha-se de pegar uma travessa a partir da avenida Taisho, passar pelo santuário de Fushimi Inari com suas flâmulas velhas e esfarrapadas, contornar o dique e andar, andar, até chegar a uma parte tão afastada do bairro que os rádios e gramofones eram abafados pelo som de passos e vozes dos transeuntes. Era, para mim, o refúgio ideal para uma noite de verão.

Pelas regras da região, a partir das quatro da tarde, quando as mulheres se sentavam à janela, era proibido ligar o gramofone e o rádio; não se podia tampouco tocar o *shamisen*. Em noites em que caía uma chuva fina, ouvia-se a voz das mulheres chamando: "Ó freguês! Pode entrar! Venha cá!".

À medida que a noite ia avançando, a frequência dos chamados ia diminuindo. Dentro e fora das casas, o zunir dos mosquitos sublinhava a desolação típica da periferia — não a solidão dos subúrbios do período Showa, e sim aquela tristeza antiga das peças de *kabuki* de Tsuruya Nanboku.

Eu achava tudo aquilo estimulante: o penteado fora de moda de Oyuki, a imundície do canal e o zunir dos mosquitos me traziam memórias de um passado de há três, quatro décadas. Expresso aqui minha gratidão a ela por me proporcionar essas sensações estranhas, por despertar essas lembranças antigas. Mais do que um ator de *kabuki* em uma peça de Nanboku, ou daquele cantor Tsuruga qualquer coisa (como é o nome dele, mesmo?) narrando a triste história de Rancho[31], Oyuki, artista de muito maior talento, tinha o poder de invocar o passado em silêncio.

Ao observá-la, um braço em torno da panela de arroz, o outro servindo a comida numa tigela, ou comendo esfomeada o seu *ochazuke* sob a luz fraca da lâmpada, ao zunir interminável dos mosquitos, eu pensava nas mulheres que conhecera na juventude, em suas casas, seus corpos. Enxergava diante de mim até mesmo as amantes de meus amigos. Naquela época, a linguagem era mais simples: o homem

---

31. A história de Rancho é contada na peça *Yukari no Murasaki Zukin*, do cantor e autor de *joruri* (narrativas declamadas ao som do *shamisen*) Wakasanojo Tsuruga (1712-1786). O enredo é bastante típico do teatro japonês, terminando em um duplo suicídio por amor.

era o namorado e a mulher era a namorada, e o lugar onde viviam ou se encontravam ainda não tinha apelidos do tipo "ninho de amor". A gente não tratava a mulher por *kimi* ou *anata*, e sim *omae*. O marido chamava a esposa de *okkaa* e ela o chamava de *chan*.[32]

O zunido dos mosquitos continua o mesmo na outra margem do Sumida, igual ao ruído de trinta anos atrás, música de fundo para o desolamento da periferia. Já deste lado, em Tóquio, o jeito de falar mudou muito nos últimos dez anos.

Limpe aqui e pendure a tela dos mosquitos
A tela de algodão na noite quente
A sala no outono cheia de sol
Um dique no fim da tarde
A casa tão simples e o leque partido
No calor do outono
Emendando os buracos
Do mosquiteiro já é setembro
Os mosquitos saem zunindo do lixo
E a parede conta quantos insetos e manchas
Ao final do outono
Em vez de mosquiteiro saquê

Esse poema me veio à memória numa noite em que Oyuki pendurou o mosquiteiro. Acho que compus metade dos versos quando ia visitar meu falecido amigo Aa[33], que naquela época vivia em Fukagawa, atrás do templo Chokei,

---

32. Os pronomes de tratamento preferidos por Nagai Kafu (*omae, okkaa, chan*) são muito menos formais do que os que ele critica (*kimi, anata*).
33. Aa Inoue (1878-1923), escritor e amigo de infância de Nagai Kafu.

com uma mulher que a sua família não aceitara. Isso deve ter sido em 1910, 1911, por aí.

Nessa noite, mal havia ido se deitar, Oyuki foi acometida de uma repentina dor de dente e, não encontrando outro lugar onde sentar, instalou-se ao meu lado na soleira da porta.

— O que você ainda está fazendo acordado? Por que não veio se deitar?

Depois de "descobrir" que eu era um pornógrafo, Oyuki passara a me tratar com uma intimidade que beirava a grosseria.

— Desculpe. Isso que você tem é uma cárie?

— Começou a doer de uma hora para outra. Estou até meio tonta. Não estou inchada? — e se pôs de perfil para eu olhar. — Bom, você fica aqui, cuidando da casa, que eu vou ao dentista.

— Tem dentista por aqui?

— Do lado do postinho de saúde.

— Mas isso é lá passando o mercado público.

— Nossa, como ele sabe! Caminha por tudo, é por isso. À cata de sirigaitas, aposto.

— Ai! Doeu! Não precisa me judiar desse jeito. Isso tudo foi antes de conhecer você.

— Bom, então você fica aí e eu vou lá. Se a fila estiver muito grande, eu volto logo.

— Entendi, é para eu ficar aqui parado feito um bobo, virando janta de mosquito. Bom, fazer o quê? Vá lá.

Da mesma maneira como o palavreado de Oyuki tinha se tornado muito grosseiro, eu também procurava adequar a minha fala à dela. Atualmente, tenho tratado os outros na língua deles, como se estivesse em terra estrangeira. Se alguém me diz *nóis*, eu digo *nóis* também. A propósito, ainda que eu ache a língua falada de hoje fácil de aprender e imitar, sempre tenho dificuldades em reproduzir a linguagem escrita dos modernos. As mulheres usam ainda mais expressões da língua falada e informal em correspondência do que os homens. E a mania de usar vícios de linguagem, como esses substantivos novos, terminados em "*sei*"?³⁴ Quando é falado, tudo bem, até eu uso; aliás, a pessoa pode se defender e dizer que estava usando essas expressões de brincadeira, ou para obter um efeito irônico; mas quando as vejo usadas por escrito sinto grande desprezo, diria mesmo repulsa. As coisas boas são as que não voltam mais. Naquele mesmo dia, tinha posto meus livros no sol para arejar, e encontrara um velho bilhetinho que recebera de uma gueixa de Yanagibashi que estava confinada em Koume, em Mukojima. Naquela época, ainda se usava o estilo clássico na correspondência, e qualquer mulher uma vez diante de papel e tinteiro se via na obrigação de usar termos formais. Abaixo, cito a carta na íntegra, com seus erros e fórmulas antigas, ainda que eu saiba que para o gosto de hoje ela vai soar ridícula:

Permiti-me pegar do pincel e vos dirigir estas mal trassadas linhas. Inicio esta missiva improrando o seu perdão pelo meu silêncio prolongado. Destarte, venho por meio desta informar que, devido à falta de espaço de minha antiga residência, mudei de domicílio para o endereço que ora vos comunico. Pedindo ainda desculpas a Vossa Mercê pelo incômodo, tem

---

34. O narrador se refere a palavras como *judaisei* ("importância"), derivadas de um adjetivo (*judai*, "importante"), aos quais se acrescenta o sufixo *sei* para criar um novo substantivo.

uma coisinha que eu queria lhe dizer de viva voz, outrossim vos peço que me conceda a honra de sua presença no horário e local que vos for de vossa conveniência.

Desde já agradecida, despeço-me com protestos de meu mais profundo apreço.

Da muito sua,

Fulana.

O senhor chegando no porto, ali onde se pega a barca, em Takeya. Daí o senhor pergunta ali pro menino do almazém. Onde fica a casa de banhos Miyako. Se o crima lhe aprouver, rogo-lhe que convide o Exmo. Sr. Aa para que venha junto com Vsa. Sra. E se a gente fosse a Horikiri? Acho que seria legal. Peço-vos que me comuniqueis se o turno da manhã lhe for de vossa conveniência. Essa é a coisinha que eu queria perguntar pro senhor. Não precisa responder, se não quiser.

Neste texto, pode-se reconhecer a linguagem formal misturada ao falar da cidade baixa de Tóquio. A barca de Takeya já não existe, nem a de Makurabashi. E como farei para recuperar as lembranças de minha saudosa juventude?

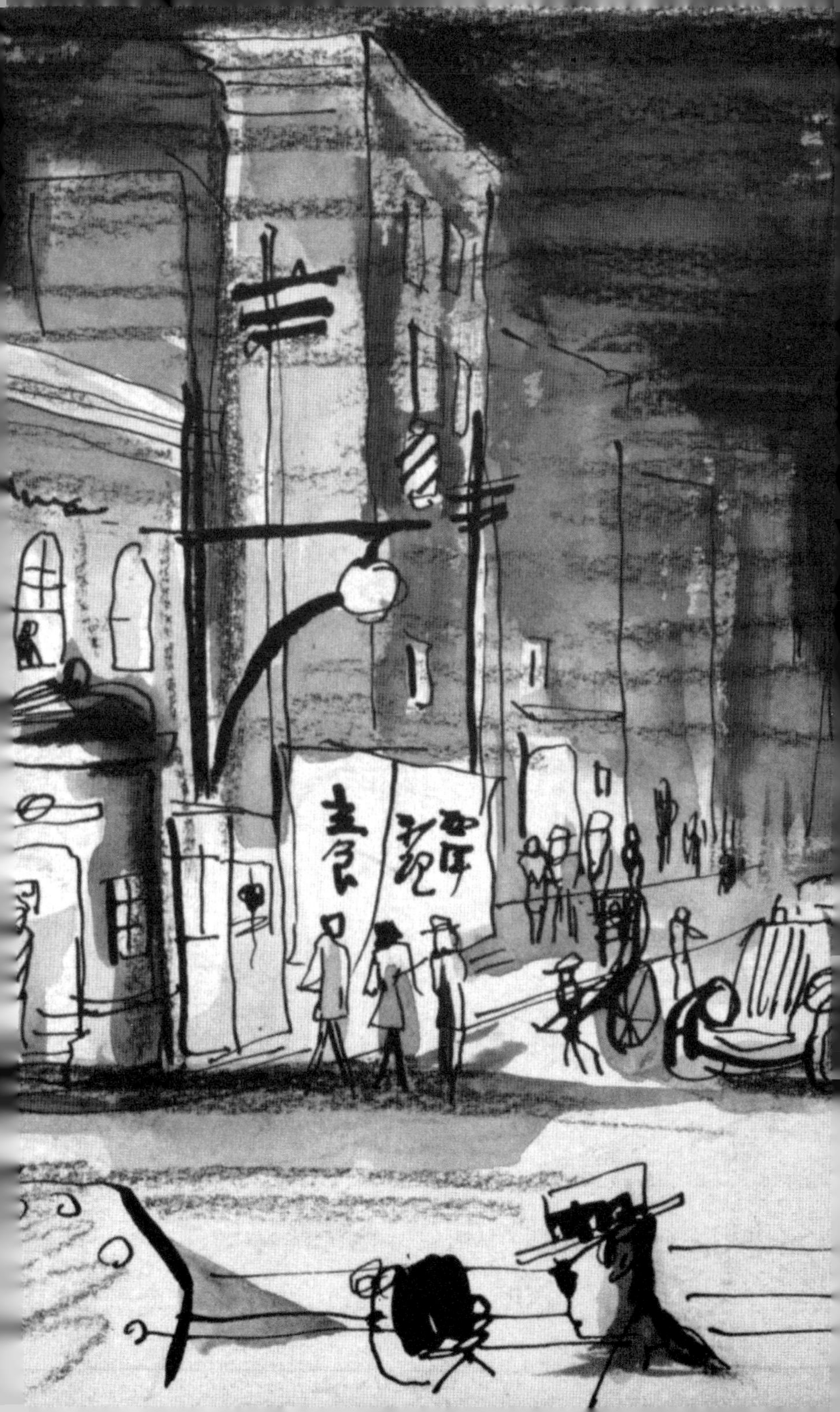

Sete

Depois que Oyuki saiu, abaixei o mosquiteiro pela metade e fiquei sentado na barra do filó. Às vezes, abanava os mosquitos, às vezes reavivava o fogo, ou então cuidava da chaleira. Naquele lugar, tanto no inverno como verão, era costume oferecer uma taça de chá aos clientes quando subiam, e todas as casas tinham sempre fogo e água quente.

— Tem gente aí? — murmurou alguém da rua, depois de bater na janela.

Pensando ser talvez um cliente habitual, fiquei na dúvida se devia atender ou não e, enquanto tentava decidir, um braço masculino se enfiou pela janela e puxou a tranca da porta. O homem que entrou estava usando um *yukata* claro e um cinto de crepe. Tinha uma cara redonda de gente do interior e um bigodinho. Devia ter seus 50 anos. Carregava na mão algo embrulhado em um *furoshiki*. Compreendi imediatamente que devia ser o patrão de Oyuki e, sem lhe dar a iniciativa da conversa, já fui dizendo:

— Passei por Oyuki quando vinha chegando. Ela foi ao dentista e já volta.

Mas o homem que eu supunha seu cafetão parecia já estar ciente e me respondeu:

— Sim, ela já vem. Pode ficar esperando.

Sua atitude não indicava nenhuma desconfiança ou surpresa por eu estar ali. Sentou-se e abriu o *furoshiki*. Era uma marmita de alumínio, que ele guardou dentro do armário. Agora eu não tinha mais dúvida: era o patrão.

— A Oyuki está sempre atarefada. Isso é bom sinal — disse eu, para preencher o silêncio.

— Como? Ah, sim — respondeu o homem, que também parecia não saber o que dizer.

Desviou o olhar e ficou cuidando as brasas e a chaleira. Posicionou-se de perfil, como quem não quer falar. Também fiquei em silêncio.

O encontro do cafetão com um cliente é sempre uma situação de constrangimento para os dois lados. Não interessa se é um hotel de passagem, uma "casa de chá" com "moças" ou um estabelecimento de gueixas — o mal-estar é sempre o mesmo. Quando a coisa chega ao ponto desses dois personagens precisarem se falar, é que houve confusão por causa de mulher; eis por que as partes envolvidas em geral procuram se evitar.

Naquela noite, Oyuki se esquecera de acender o incenso para espantar mosquitos, e os insetos revoavam pela casa aos enxames. Picavam o rosto, entravam na boca. Depois de algum tempo o patrão, que no entanto deveria estar acostumado com aquilo, não aguentou mais o ataque e foi mexer no botão do ventilador que se encontrava na divisória entre as duas peças, mas ele estava quebrado. Remexeu então nas gavetinhas do fogareiro, até encontrar uns restinhos de mata-mosquitos. Nesse instante, nós dois fizemos uma cara de alívio, e eu aproveitei para comentar:

— Este ano os mosquitos estão incríveis, não acha? E o calor, nem se fala!

— É... esta região era um banhado, e nunca foi aterrada direito — respondeu ele, um pouco a contragosto.

— Mas a estrada para cá está bem melhor, não é? Ficou mais fácil de vir para cá.

— Em compensação, agora tem lei pra tudo.

— É, mas até uns dois ou três anos atrás, quando a gente passava por aqui, corria o risco de ser roubado. Arrancavam o chapéu da cabeça da gente.

— É, aquilo era ruim para a gente também, que trabalha aqui. As pessoas se recusavam a vir a Tamanoi, mesmo quando tinham algo importante a fazer. Não adiantava nada advertir as mulheres, porque não tinha como ficar controlando uma por uma. No final, o jeito foi cobrar multa. Quarenta e dois ienes cada vez que uma puta fosse vista na rua catando cliente. Também acabamos com a farra dos cafetões que ficavam no parque abordando os passantes.

— Esses também levam multa?

— Levam.

— Quanto?

Minha conversa chegara cautelosamente ao ponto que eu queria, e eu estava prestes a interrogá-lo sobre os costumes do bairro quando se ouviu um homem chamar: "Senhor Ando!", ao que alguém passou um papel pela janela.

No mesmo instante, Oyuki chegou. Ela pegou o papel do chão e o largou na tábua do gato. Dei uma espiada e vi que era um anúncio mimeografado de "procura-se" um ladrão.

Oyuki nem olhou o papel. Voltou-se para o cafetão e disse:

— Paizinho, ele disse que amanhã tenho que voltar lá e arrancar o dente — e abrindo a bocarra mostrou ao homem onde doía.

— Bom, então hoje não precisava trazer comida — disse ele, e se levantou. Fiz questão de entregar o dinheiro a Oyuki na frente dele e, depois de fazê-lo, fui-me dirigindo ao segundo andar.

A parte de cima da casa tinha uma pecinha de três tatames com uma janela e uma mesinha para chá, um quarto de seis tatames e outro de quatro tatames e meio. A casa era a metade de uma construção maior, dividida ao meio para fazer duas moradias. Por isso não tinha cozinha nem porta nos fundos. Na parte de cima, a parede da escada era uma tabuinha coberta com papel, e no quarto de quatro tatames e meio se podiam ouvir o movimento e as vozes dos vizinhos, como se eles estivessem na mesma peça que a gente. Como era meu hábito, colei o ouvido à parede, para dar umas risadas.

— Pare com isso. De novo nesse quartinho? Com esse calor!

Depois de me xingar, Oyuki foi direto para a peça da janela. Abaixou a cortina desbotada e me chamou de novo:

— Venha para cá. Tem um ventinho bom. Ai, ainda está relampejando.

— Está refrescando mesmo. Ah, que ventinho bom.

Não se enxergava a rua abaixo da janela, por causa da marquise, mas dava para ver, até muito além, o andar de cima de muitas casas do outro lado do canal, o rosto das mulheres à janela, e os transeuntes indo e vindo. O céu escuro e pesado como grafite não tinha estrelas e estava tingido de vermelho na linha do horizonte pela luz dos neons, o que dava uma impressão de ainda mais abafamento. Oyuki pegou uma almofada e foi se instalar debaixo da janela. Depois de olhar fixamente o céu por algum tempo, pegou minha mão e me disse:

— Você... depois que eu pagar a minha dívida... será que você não casava comigo?

— Casar? *Comigo?* Para quê? Eu não sirvo para nada.

— Como assim? Você não se acha capaz de ser um homem de família?

— Não se eu não puder sustentar uma esposa.

Ela não disse nada. Em seguida, começou a acompanhar, *a bocca chiusa*, a melodia de um violino que se ouvia do fim da rua. Não me encarava. Se eu tentava olhar para ela, desviava o olhar. Depois de algum tempo, levantou-se e, curvando-se para fora, com as mãos no parapeito, pôs-se a contemplar a rua pela janela.

— Se eu tivesse dez anos a menos... — disse eu, enquanto acendia um cigarro, de frente para a mesinha.

— Mas que idade você tem, para dizer isso?

Ela pôs a cara de volta para dentro, e pude ver que seu rosto tinha a covinha habitual de quando ela sorria. Que alívio!

— Quase 60.

— Sessenta, paizinho? Você ainda é forte!

Ela se aproximou e ficou me olhando atentamente.

— Sessenta coisa nenhuma. Você tem menos de 40. Eu lhe dou uns 37.

— Eu sou filho de pai desconhecido, não sei minha verdadeira idade.

— Você não tem nem 40. Esse cabelo não é de quem tem 40 anos.

— Para ter 40, eu teria de ter nascido em 1896.
— E eu, quanto você acha que eu tenho?
— Você parece que tem 21. Não, 23!
— Galanteador. Eu tenho 35.
— Você me disse uma vez que trabalhou como gueixa em Utsunomiya.
— Trabalhei mesmo.
— E por que veio para cá, ser puta? Como ficou sabendo da região de Tamanoi?
— Ah, antes disso eu vivi um tempo em Tóquio.
— E daí...? Você teve problema de dinheiro?
— É claro. Ninguém vem para cá a menos que... e eu fiquei viúva...
— Mas, logo que você chegou, não foi horrível? As gueixas não fazem essas coisas que as putas fazem aqui...[35]
— Nem tanto. Eu já vim para cá resignada. Além do que, trabalhando de gueixa, ninguém nunca salda a dívida, porque o gasto que se tem sendo gueixa é maior do que o dinheiro que a gente ganha. É uma prisão para o resto da vida. Então, eu pensei, já que é para ser mulher da vida...
— Puxa, e você pensou tudo isso sozinha? Você é muito corajosa!
— Quando eu era gueixa, uma colega da casa de chá tinha um negócio aqui, e ela me contou como era.

---

35. A gueixa tem a obrigação de receber clientes em um restaurante ou casa de chá e de cuidar do entretenimento e do serviço (comida, bebida, cigarros...) da noite. O serviço sexual propriamente dito é esporádico e circunstancial, e o status dela é mais alto do que o de uma prostituta. Esta, por sua vez, é mais livre e pode se deslocar, sair de casa, ter amantes, o que não é sempre o caso para a gueixa.

— Ainda assim, você foi muito inteligente. Depois de pagar sua dívida, você pode fazer uma poupança...

— A minha colega me disse que, depois de pagar minha dívida, eu tinha todo o jeito para trabalhar em um bar, mas ninguém sabe o que o futuro nos reserva, *nééée*?

E ela ficou me encarando, até eu me sentir novamente constrangido. Ainda que estivesse fora de questão, a possibilidade de me casar com ela me incomodou, como algo preso entre dois dentes posteriores. Então, foi minha vez de olhar o céu, para disfarçar.

O céu tingido de neon se iluminava de quando em quando com relâmpagos. De repente, um clarão mais forte que os outros nos cegou, mas não se ouviu o trovão. O vento parou completamente. Voltou o calor do entardecer.

— Vai chover de novo.

— A gente se conheceu no dia em que eu fui ao salão. Isso já faz três meses, *nééée*?

Aquele *nééée* bem comprido ficou ressoando nos meus ouvidos, como se trouxesse o sentimento infinito de um passado distante. Se ela tivesse dito apenas "Isso já faz três meses" ou "Isso já faz três meses, não é mesmo?", encerrando a frase, não teria provocado esse efeito de prolongamento do *nééée*, que parecia ir se esticando, buscando me alcançar, arrancar de mim uma resposta. Engoli o meu "É mesmo" e respondi apenas com os olhos.

Oyuki recebia inúmeros homens todos os dias. Como é que ela se lembrava de quando nós nos conhecemos? A coisa me parecia improvável. A única explicação plausível era que essa lembrança a alegrava. Por outro lado, nem em sonho me passaria pela cabeça que uma mulher de Tamanoi pudesse ter sentimentos de afeição, que dirá se apaixonar, por um velho como eu, ainda que ela acreditasse piamente que eu tinha 40 anos.

O leitor, a essas alturas, já deve saber que muitas razões me levavam àquele bairro tão frequentemente. Para a pesquisa relacionada ao meu romance, *O desaparecimento*. Para fugir do som dos rádios. Para evitar os bairros modernos, como Marunouchi e Ginza, que me desagradavam sobremaneira. Havia outras razões também, mas nenhuma que eu pudesse revelar a uma mulher. A casa de Oyuki se tornara o refúgio de minhas andanças noturnas, mas para que ela não desconfiasse de meus motivos eu sempre dizia uma mentira ou outra para justificar minha presença — qualquer coisa que me viesse à cabeça. A minha intenção inicial não era enganá-la, mas eu tampouco corrigira as falsas impressões que ela tinha de mim, e ajudei, por omissão, a construir um mal-entendido — ela não conhecia minha verdadeira identidade, e essa culpa me era inescapável.

A minha vida toda eu vivi na zona, por assim dizer. Aqui no Japão e lá fora também.[36] Os motivos dessa minha escolha não vêm ao caso, nem eu quero explicá-los aqui. O leitor mais mordido de curiosidade, se quiser saber quem eu sou, que vá ler alguma das minhas obras de meia-idade — a peça *A tarde*, as crônicas de *A casa da amásia*, ou o romance *O sonho interrompido*, ou ainda outra coisa qualquer que eu tenha escrevinhado nessa época, qualquer uma delas já serve

---

36. Nagai Kafu viveu seis anos no exterior, em Washington, Kalamazoo, Nova York, Paris, Lyon e Londres, e são realmente dele as obras *Mihatenu Yume* [O sonho interrompido], de 1910, *Hirusugi* [A tarde] e *Shotaku* [A casa da amásia], as duas últimas de 1912.

para se ter uma ideia. Bem, como ler essas coisas antigas na íntegra deve ser uma maçada, transcrevo aqui um trecho de *O sonho interrompido*, e isso vai ter que bastar.

Ele frequentava o distrito da luz vermelha com tanto entusiasmo, como se dez anos fossem o sonho de um só dia, precisamente porque lá grassava o marginal, o obscuro, o clandestino. Se um dia o mundo fosse virado de cabeça para baixo e o pródigo fosse louvado como o era antes o bom filho, ainda que ele tivesse perdido a própria casa em desperdícios, ainda assim não quereria receber nenhum louvor. A força que o movia era o desprezo que sentia pela vaidade hipócrita da mulher de respeito, da esposa amantíssima, pela fraude que ele via na justiça social — isso era o que o levava a buscar o lado escuro e desonesto das coisas. Ou seja, a buscar as manchas de uma parede que os outros tinham por alva e pura ele preferia encontrar beleza em um brocado esquecido no meio dos farrapos. Assim como o palácio dos justos está sujo das fezes de corvos e ratos, também no vale do vício se encontram e se colhem às braças as belas flores da civilidade e do afeto e os frutos das lágrimas perfumadas dos sentimentos verdadeiros.

Ao lerem esse texto, espero que as pessoas compreendam que eu não temia nem desprezava as mulheres que viviam junto ao dique fedorento, em meio ao zunir dos mosquitos. Mesmo antes de vê-las pela primeira vez, eu sentia por elas certa intimidade.

Foi para me tornar amigo delas, ou ao menos para não afastá-las com cerimônias, que achei melhor esconder minha identidade. Não queria que elas me olhassem e pensassem "O que este cavalheiro está fazendo aqui?"; não queria que imaginassem que eu poderia me sentir superior às suas vidas, observando-as como se faz com as personagens de uma peça. A única maneira de conseguir isso era ocultando minha identidade.

Já me aconteceu de ouvir a pergunta "O que um cavalheiro distinto como o senhor está fazendo aqui nesta região?". Uma noite, no terminal de ônibus perto da Avenidinha, um policial veio me indagar. Detesto ter de dizer que sou escritor ou intelectual, e mais ainda que as pessoas me classifiquem assim; por isso, como é meu costume, respondi ao guarda que era desempregado, um vagabundo. E foi então que o policial me tirou o paletó à força e se pôs a me revistar os bolsos. Por sorte, quando saio de noite, sempre levo comigo meu selo autenticado, o certificado de firma reconhecida e o comprovante do registro civil, justamente para o caso de ser interrogado como suspeito. Dessa feita, ainda tinha trezentos ou quatrocentos ienes em cédulas na carteira, porque pretendia na manhã seguinte pagar o marceneiro, o jardineiro e o livreiro. O guarda se assustou, e de repente resolveu que eu era um capitalista:

— Uma pessoa de posses como o senhor não tem nada que vir a um lugar como este. Peço-lhe que volte para casa. Já pensou se houver um mal-entendido? Se o senhor precisar vir aqui, sugiro que venha em outro horário — e, ao ver que eu não fazia nada, levantou a mão, chamou um carro de praça e ainda fez questão de abrir a porta para eu entrar.

Meio sem escolha, subi no táxi e pedi ao chofer que fosse até a Avenidinha e depois tomasse outra rua, que as pessoas chamam de Circular, acho. E foi assim que eu aproveitei a carona para fazer um *tour du labyrinthe*, descendo finalmente em frente ao santuário de Fushimi Inari. Desde esse dia, sempre consulto um mapa que tomei a precaução de comprar para evitar os postinhos dos guardas.

Mas, voltando ao quartinho de três tatames, eu estava mudo, sem saber o que responder ao tom melancólico da pergunta de Oyuki. Para esconder meu rosto na fumaça, resolvi acender mais um cigarro. Ela disse, fitando-me com seus olhos quase negros:

— Quando eu vi você pela primeira vez, achei parecido com alguém.

— É comum achar que os estranhos se parecem com gente conhecida — esforçava-me para disfarçar meu alívio. — Parecido com quem, com o falecido?

— Não, outro homem. Logo que eu virei gueixa. Cheguei a pensar em me matar.

— Na emoção do momento, todos já pensamos nisso...

— Você? Duvido.

— Você me acusa de frieza. Mas as aparências enganam. Você está sendo injusta comigo.

Ela ficou sem o que dizer, com a covinha no rosto como quem vai sorrir. Era uma covinha que ficava à direita do lábio inferior, que ela tinha saliente. O seu sorriso e a covinha sempre lhe davam um aspecto juvenil; mas, nessa noite, a covinha parecia forçada, e o sorriso, triste. Para desanuviar o ambiente, decidi perguntar:

— E o dente? Ainda dói?

— Não, o doutor me deu uma injeção.

Mas a conversa morreu de novo. Por sorte, um cliente

habitual veio bater na porta dali a pouco. Oyuki se levantou e foi à janela.

— Take-san! Vamos subir!

Ela desceu às pressas, e eu atrás dela. Escondi-me no banheiro e, depois que eles subiram, saí para a rua, procurando não fazer barulho.

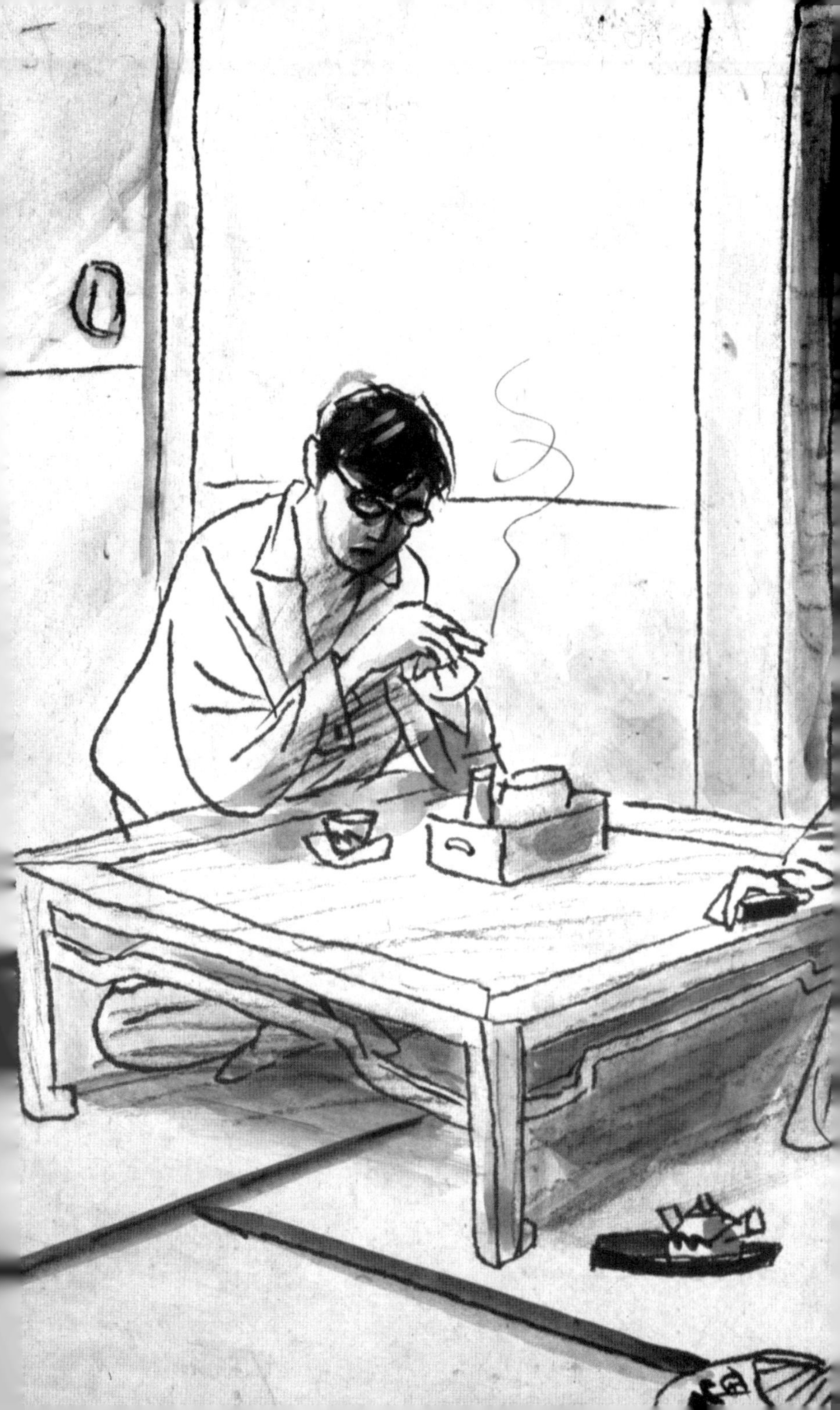

Oito

A chuva da noitinha ameaçou cair. Depois, parecia que não ia mais chover. Resolvi sair um pouco, porque não conseguia aguentar o calor das brasas na sala da frente nem o ataque dos mosquitos. Ainda era cedo para voltar, então resolvi ir até o fim da rua que contornava o dique, chegando a outra rua movimentada, com pontes de madeira. Dos dois lados havia barraquinhas de vendedores, e o caminho, que já não tinha largura suficiente para um carro, estava tão apertado que as pessoas tinham que se empurrar para passar. À direita, havia um cruzamento e, em uma das esquinas, um açougue de carne de cavalo. Em seguida, havia um monumento de pedra marcando o local do templo zen de Toseiji, o *torii*[37] do santuário de Inari de Tamanoi e um telefone público. Logo me lembrei de ter ouvido de Oyuki que a feirinha de Inari ocorria nos dias 2 e 20 de cada mês, e que nessas datas a freguesia diminuía muito, razão pela qual as mulheres das janelas chamavam essas festas de "Inari dos

---

37. Pórtico, em madeira natural ou pintado de vermelho cinábrio, que marca a entrada do terreno de um santuário xintoísta (divisão entre o território do profano e do sagrado).

pobres".[38] Decidi me misturar à populaça e ir ao santuário, que não tinha visitado até então.

Acho que esqueci de dizer, mas, desde que comecei a frequentar este bairro com o costume de caminhar e explorar todas as noites, acabei aprendendo, observando os outros, a me vestir de acordo com os costumes do lugar. Nada de muito complicado. Camisa listrada; gola desabotoada; nada de gravata nem chapéu; paletó debaixo do braço; cabelo desgrenhado como se nunca tivesse visto um pente; a calça mais puída que houver no guarda-roupa — de preferência, uma calça que pareça que vai furar nos joelhos e na bunda; em vez de sapato, um tamanco velho, gasto no calcanhar; cigarro só da marca mais vagabunda; *et cetera, et cetera, et cetera*. Era coisa rápida: bastava tirar minhas roupas de trabalho ou as de receber visitas, pôr a calça e camisa que eu usava para varrer o pátio e limpar a chaminé, roubar os tamancos da empregada, e eu estava pronto.

De roupa e tamanco velhos, com uma toalhinha cafona na cabeça, dá para atravessar a cidade de Sunamachi, no sul, ou de Senju, ao norte, até Kasaikana, sem chamar a atenção de ninguém. Fica parecendo que você é da vizinhança e que saiu para fazer compras. Assim, você pode andar pelas avenidas e ruelas sem que ninguém se vire para encará-lo. É como diz o haicai:

Mal vestido, o andar
de cima me é menos
quente de dormir. [39]

---

38. O apelido que as prostitutas dão ao festival é especialmente irônico porque, no xintoísmo, Inari é o deus protetor do sucesso nos negócios.
39. A alusão ao andar de cima se deve ao fato de que o quarto de dormir da casa japonesa dessa época ficava geralmente no segundo andar.

A roupa desarrumada é a que melhor se adapta ao clima de Tóquio, ainda mais na estação do calor. Vestido como um chofer de táxi rastaquera, dá para cuspir na rua, jogar baganas de cigarro na calçada, fósforos usados no trem, cascas de banana onde se quiser. Você pode ir à praça, se deitar esparramado num banco, dormir e roncar, cantar músicas de mau gosto a plenos pulmões, e se sentir, vestido assim, não apenas em harmonia com o clima como também com a arquitetura da nova Tóquio da reconstrução.

Quanto a essa vestimenta que as mulheres começaram a usar recentemente, apelidada de *appappa*[40], e que parece uma roupa de dormir, meu amigo Yosai Sato[41] já disse tudo o que era necessário, então não vou repetir aqui.

Eu tenho certa dificuldade para caminhar de tamanco, porque não estou muito acostumado, e tive de ir devagarzinho no meio daquele monte de gente, tomando cuidado para não tropeçar e para que não me pisassem os pés, até chegar ao outro lado do cruzamento. Atravessando, havia mais barraquinhas e, ao lado do santuário, um florista vendendo rosas, lírios, crisântemos, que juntos pareciam um canteiro fora de estação. Ao lado, havia uma cerca com plaquinhas que mostravam o nome de doadores para a reconstrução do prédio central do templo

---

A versão original do poema, atribuída a Basho, seria: "Mal vestido, a noite/ é menos quente/ de dormir."

40. A *appappa* (provavelmente do inglês *up a parts*) é uma variante da túnica ou vestido curto e de corte reto, sem cintura, típico dos anos 1920. Como se tratava de uma vestimenta para o calor, ela era bem mais folgada e feita de materiais como o algodão ou a chita, podendo ainda ser longa ou curta.

41. Pseudônimo de Haruo Sato (1892-1964), escritor, amigo de Nagai Kafu e de Jun'ichiro Tanizaki. Tanizaki o utilizou como modelo da personagem Aso do romance *Há quem prefira urtigas* (1928).

Tosei. Talvez ele houvesse sido destruído por um incêndio ou transferido de lugar, como o Santuário Inari de Tamanoi.

Comprei um vaso de cravinas e passei pelo Santuário Inari, pegando depois outra ruazinha até a avenida Taisho, por onde eu tinha vindo. À direita, na minha frente, havia um postinho da polícia. Naquela noite, eu estava vestido como um verdadeiro suburbano, tinha até uma flor da feirinha na mão, mas com os guardas nunca se sabe — acabei pegando um desvio por uma ruela onde havia uma venda de saquê e uma fruteira.

Atrás dessas lojinhas estava o chamado "Labirinto do 1º Distrito". O dique que atravessava o 2º Distrito, onde vivia Oyuki, reaparecia de repente aqui, à frente da casa de banhos Nakajimayu, indo depois se perder entre os casebres do lado de fora do perímetro oficial do bairro. Fiquei imaginando como aquele dique, mais imundo do que o canal que antes circundava o bairro de Yoshiwara, não devia ter sido um dia (quando Terajima era um descampado) um arroio limpo, com flores aquáticas e libélulas, e todo tipo de bobagem sentimentaloide que não convém a um homem barbado e velho como eu. Nessa rua não havia tendinhas. Passando um restaurante chinês chamado Kyushutei, enxerguei os faróis dos carros circulando na Avenidinha e escutei o som dos gramofones.

A cravina pesava. Depois do restaurante, entrei em uma rua ainda mais estreita e com uma aparência ainda mais abastada. Esta era a rua que dividia os labirintos: à esquerda, o 1º e o 2º Distritos; e à direita, o 3º Distrito. Havia lojas de quimonos, armarinhos e restaurantes de comida ocidental. Havia também uma caixa dos correios. Fora aqui na frente dessa caixa dos correios que Oyuki, voltando do cabeleireiro para casa, pedira carona no meu guarda-chuva.

No fundo do meu peito ainda estava me sentindo mal pelas coisas que Oyuki me dissera, meio brincando, meio a sério... Eu não sabia quase nada da carreira pregressa de Oyuki. Ela dizia ter sido gueixa em algum lugar, mas não sabia cantar nem tocar *shamisen*, o que não deixava de ser estranho. Minha primeira impressão fora de que talvez ela viesse de um bordel dos melhorzinhos de Yoshiwara ou de Suzaku, mas não dava para ter cem por cento de certeza.

Ela não tinha sotaque nenhum, isso era certo, mas com aquele rosto e pele perfeitos não dava para acreditar que fosse de Tóquio. Talvez fosse filha de imigrantes de alguma região distante do Japão. Era uma moça alegre, que não se deixava abater pela tristeza daquele ambiente lúgubre. Pelo contrário — parecia ter a inteligência necessária para transformar a experiência daquilo que estava vivendo em capital para o futuro. Com relação aos homens, o simples fato de que acreditava no monte de baboseiras que eu dizia para despistar sinalizava uma inocência ainda não de todo perdida. De certa forma, poder-se-ia dizer que ela era mais franca, pura e séria do que muita garçonete dos grandes cafés de Ginza ou Ueno.

Comparando as mulheres à janela de Tamanoi com as garçonetes de Ginza, eu achava as primeiras mais dignas de amor, e mais capazes de sentimento; indo além e confrontando os dois bairros, Tamanoi não tem o brilho da beleza de fachada, mas pelo menos não é desagradável como Ginza. Ambos têm lojas e bares, mas aqui não se vê, como é comum lá, bandos de bêbados e brigas sangrentas na rua. Em

Ginza, há homens de meia-idade, bem-vestidos, com roupas ocidentais, sem ocupação definida, que se põem no meio da calçada, agitados, a cantar, sacudindo a bengala e berrando impropérios às mulheres. Aqui, se a gente põe um *geta* velho, uma calça puída, e sai para a noite animada, corre menos risco, talvez, do que nas largas avenidas dos bairros mais chiques.

A rua da caixa dos correios era bem iluminada na altura do armarinho, e ia ficando mais escura mais adiante. Havia ainda um mercado de arroz, um verdureiro, uma tendinha de *kamaboko*[42] e, lá no fim, passando a madeireira, eu já sabia que havia uma passagem entre a oficina de bicicletas e a ferragem.

Logo em seguida, já se enxergava o santuário de Fushimi Inari, com suas flâmulas encardidas. Ali havia bem menos movimento do que nas outras ruas, razão pela qual eu preferia esse caminho. Nos fundos das casas, havia figueiras carregadas de frutas; e as cercas do dique estavam cobertas de parreiras. Era uma paisagem deslocada naquele bairro, e dali dava para espiar a janela de Oyuki.

Ao me aproximar, como a lâmpada traçava um retângulo de luz sobre a cortina fechada, imaginei que ainda havia gente no andar de cima. O som dos rádios há pouco cessara. Estiquei o braço pela janela da frente e larguei o vaso de cravina lá dentro. Decidi tomar meu rumo em direção a Shirahige. Passou por mim o ônibus Keisei com destino a Asakusa, mas como não conheço bem essa linha fui andando lentamente em busca de uma parada, até que diante de mim se descortinaram as luzes da ponte.

---

42. Preparado de pasta de peixe prensada.

Ainda não terminara de escrever meu romance, *O desaparecimento*. O que é mesmo que Oyuki havia dito? Que já fazia três meses? Eu começara o manuscrito bem antes disso. A última coisa que escrevera, uma cena em que Taneda conversa com Sumiko sobre o que seria feito deles dali em diante, passava-se precisamente na ponte Shirahige, frente à qual eu me encontrava naquele momento. Taneda e Sumiko foram para a rua, fugindo do calor do quartinho onde estavam, para conversar. Decidi não dobrar no dique, e sim atravessar a ponte; debrucei-me no parapeito e fiquei olhando o rio.[43]

No início, a trama de *O desaparecimento* previa que Sumiko, com 23 anos incompletos, se apaixonasse por Taneda, que teria 50. No entanto, à medida que ia escrevendo, o casal me pareceu forçado. Essa sensação, a onda de intenso calor, tudo contribuiu para que eu não conseguisse, nesse período, escrever sequer uma linha.

E agora, no entanto, debruçado no parapeito da ponte, enquanto ouvia ao longe o som de uma canção popular entoada por vozes vindas do parque rio abaixo, lembrei-me de Oyuki dizendo:

— A gente se conheceu no dia em que eu fui ao salão. Isso já faz três meses, *néééé*?

Recordei o tom da sua voz enquanto dizia aquilo, e de repente o amor de Sumiko e Taneda não me pareceu mais tão forçado. Não era um enredo tão implausível que fosse

---

[43]. Este parágrafo faz um jogo de palavras com *ko*, "manuscrito" e *hashi*, "ponte", que têm ideogramas quase idênticos (o narrador precisa "atravessar", "finalizar" os dois). Além disso, o parapeito (*rankan*) da ponte começa com o ideograma *ran*, que significa "coluna", tanto arquitetônica quanto de texto. O narrador se debruça sobre o parapeito e sobre o seu manuscrito.

preciso desistir de usá-lo. Melhor não emendar o já escrito — talvez o resultado saísse ainda pior.

Tomei um táxi no Kaminarimon e fui para casa. Ao chegar, lavei o rosto e penteei o cabelo, como faço todos os dias. Em seguida, me coloquei em frente ao tinteiro, acendi o incenso e comecei a reler a última coisa que escrevera antes do meu bloqueio.

— *E aquilo lá, o que é? Uma fábrica?*
— *É uma usina de gás, eu acho. Dizem que, antes de construírem a usina, ali era um lugar muito bonito. Li num romance.*
— *Vamos caminhar. Não é tão tarde.*
— *Logo ali já tem um postinho da polícia.*
— *É mesmo? Bom, então vamos dar a volta. Eu me sinto como se tivesse cometido um crime e tivesse de me esconder do mundo.*
— *Dá para falar mais baixo?*
— *...*
— *Pode ter alguém ouvindo!*
— *É mesmo. Mas é a primeira vez na minha vida que tenho de me esconder como um criminoso. É uma sensação que eu não vou nunca esquecer.*
— *Tem uma música que diz... "vamos embora"... "longe daqui"... "viver nas montanhas"...*
— *Sumiko. Você sabe, desde ontem eu me sinto como se voltasse a ser jovem. Como se a vida tivesse recuperado o sentido.*
— *Nós somos o que sentimos. Não se deixe abater.*

— Não, não vou. Mas eu não sou mais jovem. Você logo vai me trocar por outro.

— De novo essa história? Já disse que não precisa se preocupar com isso. Pois eu também não vou fazer 30 daqui a pouco? O que eu queria fazer, já fiz. Agora está na hora de ser uma moça séria e juntar um dinheirinho.

— Você vai mesmo abrir uma loja de oden?

— Amanhã a Teruko vai passar lá no apartamento para pegar o dinheiro. Vou dar a entrada com ele. Guarde o seu, por enquanto, como a gente combinou ontem, está bem?

— Mas é que...

— Não e ponto final. É melhor assim. É bom ter um dinheiro de reserva, para a gente viver com mais tranquilidade. Vou retirar todo o meu dinheiro e esse vai ser o pagamento de entrada. Assim, já compro a licença, faço o alvará, já faço tudo. Vale mais a pena pagar tudo de uma vez só.

— Essa Teruko é flor que se cheire? Você vai entregar dinheiro na mão dela.

— Não precisa se preocupar. Ela é rica. O protetor dela é o dono de Tamanoi.

— Que história é essa de dono?

— Ele tem diversas casas e lojas em Tamanoi. Tem quase 70 anos de idade, mas ainda está cheio de vida. Ele ia às vezes lá no café.

— Veja só.

— Ele me disse que, se fosse para ter um negócio, era melhor que eu montasse um café ou bar, em vez de loja de oden. A Teruko disse até que, se eu quisesse, ela podia pedir para ele me arrumar um ponto bom e umas garotas e tudo. Mas quando foi a hora de decidir, eu estava sozinha, não *tinha a quem pedir conselho, e não senti firmeza para tocar um negócio desses sem ninguém. Foi daí que me veio a ideia de abrir uma lojinha de oden...*

— Por isso que tem que ser em Tamanoi?

— A mãe da Teruko vai ser minha sócia. Ela é agiota em Tamanoi.

— Uma verdadeira empreendedora!

— É uma negociante muito esperta, mas acho que passar a perna na gente ela não vai.

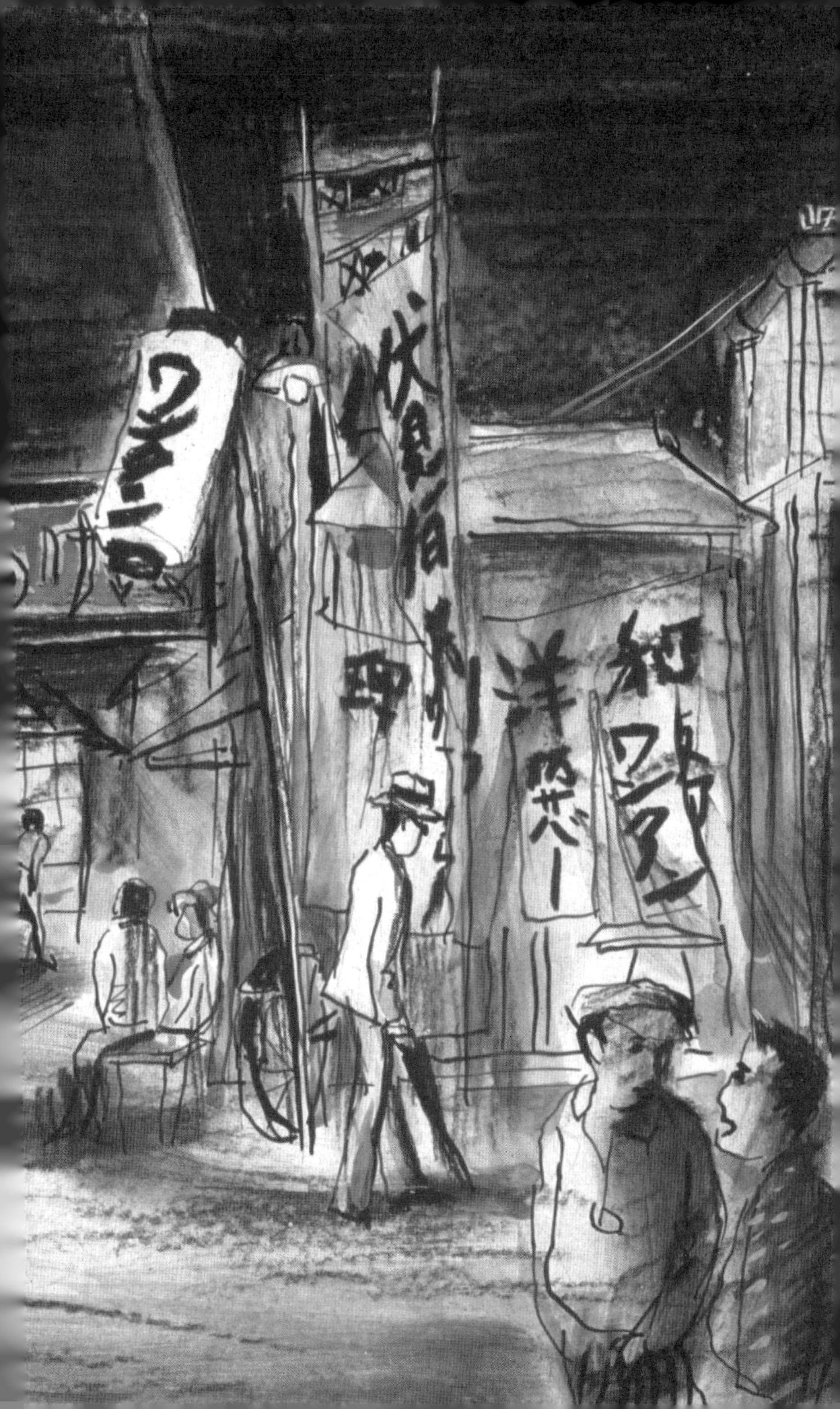

Nove

Já estávamos quase no meio de setembro, e não apenas o calor não havia amainado como chegava a parecer que ficara mais quente do que em agosto. Durante o dia, o barulho da cortina de bambu, sacudindo com o vento, era típico do outono, mas todas as noites o vento parava de uma hora para outra, dando lugar a uma calmaria e um mormaço dignos do verão de Kyoto ou Osaka.

Andei ocupado, escrevendo e arejando meus livros, e acabei ficando três dias sem sair de casa.

No início do outono, o meio-dia, quando ponho meus livros para tomar sol; na entrada do inverno, o começo da tarde, quando queimo as folhas do jardim — essas são as distrações preferidas da minha vida de solteirão.[44] Arejar os livros me permite rever velhos amigos que estavam empilhados em prateleiras altas, lembrar a emoção que tive ao lê-los, com entusiasmo, em algum momento do passado, e refletir sobre como as modas passam, e como os gostos mudam. Enquanto as folhas queimam, eu me esqueço, nem

---

44. Esta frase reproduz o ritmo, o tema e o movimento retórico de uma célebre passagem da obra de Sei Shonagon (?966-?1017) — a primeira página de *O livro de travesseiro* (996).

que seja por um instante, do lugar onde estou e do corpo que habito.

Finda a tarefa de pôr os livros para secar, fui jantar e, logo depois, vesti a calça puída de sempre, os tamancos velhos, e saí para a rua. A luz do portão já estava acesa. Mesmo com a calmaria e o mormaço, os dias já estavam bem mais curtos.

Ainda que fossem só três dias sem sair, quando me achei na rua fui tomado por uma sensação de que fazia muito tempo que não ia a um lugar aonde devia ter ido, e de que tinha de me apressar, encurtar o tempo de deslocamento. Assim, ao chegar a Kyobashi, decidi pegar o metrô. Desde muito jovem eu corro atrás de mulheres, mas creio não estar mentindo se disser aqui que a urgência daquele momento era algo que há muito eu não sentia — trinta anos, talvez. No Kaminarimon, peguei um táxi, e finalmente cheguei à ruazinha de sempre. Passei pelo santuário de Fushimi Inari. As flâmulas velhas haviam sido trocadas. Agora não havia mais nenhuma vermelha, eram todas brancas. O dique de sempre. As figueiras de sempre, as parreiras — essas últimas, de folhagem mais esparsa do que há três dias, pareciam dizer que, mesmo com calmaria, mesmo com mormaço, a cada noite o clima ia, sem alarde, ficando mais outonal.

Na janela de sempre, a mesma Oyuki; mas o cabelo mudara, de um *tsubushi* para um *ichôgaeshi*[45], que ela amarrara com uma fita — aquele estilo que agora as pessoas chamam de "flor de peônia", ou coisa que o valha. Por um momento, a diferença no penteado me enganou, e eu pensei que talvez

---

45. Coque da "folha virada de ginkgo biloba". O cabelo é armado em duas voltas laterais na parte posterior da cabeça e arrematado com um coque no centro.

fosse outra pessoa. Ao chegar mais perto, Oyuki me abriu a porta com um ar irritadíssimo e gritou:

— Vejam só quem está aqui!

Imediatamente, abaixou a voz e acrescentou:

— Você me mata de preocupação. Que bom que não foi nada.

Sentei-me no degrau da escada, sem tirar os tamancos e sem entender do que é que ela estava falando.

— Eu li no jornal. Não tinha certeza se era você. Achei meio diferente. Mas me preocupei do mesmo jeito.

— Ah, já sei! — disse eu, em voz alta.

Em seguida abaixei abruptamente o tom, como ela fizera:

— Mas eu não sou tão descuidado assim. Estou sempre atento.

— Bem, mas então o que houve? Pela sua cara, nada, não é mesmo? Ainda assim, quando uma pessoa que vem todo santo dia desaparece sem avisar, dá uma saudadezinha na gente.

— Você não ficou desocupada nesses três dias, eu imagino.

— Com esse calor, é aquilo que você já sabe. Mas eu não fiquei sem o que fazer.

— Este ano a coisa está inacreditável — eu ia dizendo, quando Oyuki me interrompeu:

— Shhhhh... — e matou um mosquito na minha testa com a palma da mão.

A casa, se era possível, parecia ter mais mosquitos, ainda maiores e mais agressivos do que antes. Oyuki limpou com um lenço de papel primeiro minha testa, depois o sangue de sua mão.

— Olhe só — disse-me, mostrando a mancha, e em seguida fez do papel uma bolinha.

— Esses mosquitos pelo visto só vão embora no fim do ano.

— É... pelo que eu me lembre, no ano passado era novembro e ainda tinha... na época da festa de Otori.

— Lá no arrozal? — mas em seguida lembrei que alguém da idade dela não tinha como saber que a gente chamava a antiga zona de arrozal, há muitos anos. — Quer dizer, vocês foram na feirinha de Yoshiwara?

— Isso — ela respondeu, e ouvindo o tilintar de um sininho levantou-se e foi à janela.

— Ken-chan! Aqui! Vamos com isso! Me dá duas raspadinhas de feijão azuki e... uma espiral para espantar mosquito. Venha cá, meu amor!

E ficou um pouco sentada à janela. Os passantes gritavam-lhe impropérios, Oyuki os ofendia em retribuição, e de vez em quando ela se virava para mim, do outro lado da grade. O sorveteiro assomou, pedindo desculpas pela demora. Ela olhou para mim e perguntou:

— De raspadinha eu sei que você gosta, não é? Essa é por minha conta.

— Ah, você se lembra. Que gentileza.

— É claro que lembro! Eu tenho uma cabeça boa. Você não devia me tratar desse jeito, indo com outras mulheres quando lhe dá na telha.

— Não acredito! Você acha que nesses três dias eu andei com mulheres? Você não tem jeito mesmo.

— Homem é tudo igual.

— Cuidado para não se engasgar com a raspadinha. Pelo

menos enquanto a gente come, vamos fingir que a gente se dá bem?

— Não sei se você merece — respondeu, fazendo uma grande meleca com a colher e o gelo.

Um transeunte se intrometeu:

— E aí, minha cara, tá gostoso esse sorvete?

— Abre a boca que eu já te mostro.

— Eu não, que isso daí tem veneno, e eu prezo minha vida.

— Não sei por que, você não tem onde cair morto!

— Quem é você para falar, sua mosquita da valeta!

Mas Oyuki não era de se deixar vencer:

— Pior você, moscão do lixo!

Os transeuntes que passavam à busca de mulheres, diante daquele espetáculo, paravam um pouco e davam gargalhadas.

Oyuki punha uma colherada de gelo na boca, engolia, e dizia aos passantes, distraída:

— Ó freguês! Pode entrar! Venha cá!

Quando alguém se aproximava, ela fazia um charme, e acrescentava, dengosa:

— Está sozinho, meu amor? Pode subir. Hoje ainda não tive cliente. Suba, meu querido...

Para alguns, a persuasão ia além. Com voz neutra e séria de negociante, ela afirmava:

— Chegando lá em cima, se você não gostar, não precisa ficar.

Os homens hesitavam, não se decidiam por entrar. Mesmo assim, Oyuki parecia não se importar nem um pouco, lembrava-se do sorvete, pescava um pedaço de gelo de dentro da calda e comia com grande lambança, enquanto fumava.

Já disse antes que Oyuki era de personalidade alegre, e ainda não havia se desencantado com a vida que levava. Mas isso não passa de uma suposição a partir do que eu via do meu canto, espantando mosquitos, torcendo para que o ventilador quebrado não fizesse muito barulho, observando do lado de cá da cortina. São conclusões que não vão fundo, que talvez se limitem a uma pequena parcela do que ela realmente é.

Tem uma coisa, no entanto, que posso dizer com certeza. Pondo de lado a questão da personalidade de Oyuki, havia entre os passantes do lado de fora e a mulher de dentro uma harmonia, uma espécie de linha invisível que os conectava. Em minha defesa, posso adiantar que a impressão de que ela era alegre e de que não fora atingida pela tristeza daquele lugar derivava dessa harmonia. Do lado de fora da janela, o populacho. O mundo. As pessoas. Deste lado, um indivíduo. Entre os dois, nenhum confronto. Por quê? Oyuki era jovem e ainda não havia perdido aquela emoção do povo, o sentimento de unidade com aqueles que a cercavam. Sentada à janela, essa Oyuki vulgar escondia outra Oyuki dentro do peito. Os homens que passavam naquela rua, ao contrário, estavam sem máscara, despidos de seu orgulho.

Desde muito jovem frequentador dos bairros das mulheres de *rouge*, nunca me ocorrera essa epifania, essa compreensão súbita do mal. Mais de uma vez, à força das circunstâncias, eu cedera a uma delas e a trouxera para casa, entregando-lhe a vassoura e apontando o chão sujo. Todas foram sonoros fracassos. Uma mulher da vida, ao se habituar ao seu mundo, deixa de se imaginar tão inferior a ponto de aceitar um marido e resulta numa relaxada, ou, ainda, numa megera.

Em Oyuki nascera o desejo de deixar aquela vida, com minha ajuda. Queria se tornar uma relaxada ou megera. Impedir que ela se tornasse uma ou outra, fazendo dela uma dona de casa feliz, não era minha tarefa, eu que vi tantas outras tentarem o mesmo e fracassarem. Oyuki precisava de um homem mais jovem, alguém que tivesse ainda anos pela frente. Mas eu não tinha como lhe falar tudo isso — ela não compreenderia. Ela também só me conhecia em parte. É certo que não era assim tão difícil lhe explicar quem eu realmente era, e por que eu não servia para ela. Mas tinha medo de falar, menos por mim do que pela decepção que isso causaria nela.

Oyuki era uma musa que ressuscitara em meu coração tão cansado imagens de um tempo distante e saudoso. O manuscrito há tanto tempo abandonado sobre a escrivaninha, não fosse por ela ter aberto seu coração para mim — ou, ao menos, não fosse por eu ter achado que esse coração se me abrira —, já estaria há muito tempo no lixo. Ela fora o estímulo que levou um velho escritor, esquecido em seu tempo, a completar um manuscrito, talvez sua última obra. Ao ver seu rosto, senti uma imensa gratidão. Talvez eu a tivesse enganado, inocente que era, e talvez tivesse feito de seu corpo e de seu coração um brinquedo de que desfrutei o quanto quis. E, ao mesmo tempo que gostaria de pedir desculpas por um pecado difícil de perdoar, sofro ao constatar que esse perdão é impossível.

Ao ouvir Oyuki falando à janela naquela noite, a minha aflição se tornou ainda mais aguda. Só havia uma solução: nunca mais vê-la. Tinha de ser o quanto antes, para evitar magoá-la e decepcioná-la ainda mais. Ela ainda não me dissera o seu nome, nem me contara sua vida — a oportunidade ainda não se apresentara. À medida que a noite avançava, crescia em mim a sensação de que aquele era o momento crítico, e que se a separação fosse adiada a dor seria insuportável.

A angústia se agravava com o som do vento, que vinha da avenida, entrava nas ruazinhas, invadia as janelas, chacoalhava os sininhos da cortina. Era como se o vento me acuasse. O tilintar dos sininhos era diferente do som que um vendedor de campainhas faz ao passar pela rua; era um som estranho, que só se ouve neste mundo intermediário entre verão e outono. Quando o calor se prolonga outono adentro, é mais difícil perceber que os dias estão encurtando; e como as pessoas não se dão conta de que o outono começou, o som do vento sacudindo os sininhos traz um eco ainda mais triste, anunciando o começo das noites compridas e profundas. Talvez fosse só impressão, mas os passos na rua me pareciam mais leves, mais distintos. Um espirro de mulher se fez ouvir lá de fora.

Oyuki se levantou e veio à mesa acender um cigarro. Depois, como se acabasse de se lembrar de algo, disse-me:

— Amanhã você não pode vir mais cedo?

— Mais cedo, tipo ao entardecer?

— Mais cedo ainda. Amanhã é terça, dia de exame médico. Termina às onze. Depois eu queria ir a Asakusa. Você me leva? Só preciso estar aqui de volta às quatro.

Pensei que podia muito bem ir. Um último drinque antes da despedida. Mas depois me lembrei dos escritores, dos jornalistas, dos intelectuais, e a imagem de um deles fincando uma caneta em meu peito me fez temer por minha reputação nos periódicos.

— Tem uma coisa que me impede de ir ao parque. Você queria comprar alguma coisa?
— Um relógio. E acho que estou precisando de uns quimonos de outono novos, também.
— A gente reclama do calor, mas daqui a pouco já é equinócio. Quanto custa um quimono de outono? É para usar no trabalho?
— Sim. Uns trinta ienes.
— Trinta ienes eu tenho aqui comigo. Tome, vá você e escolha um bonito.
— Tem certeza?
— Desconfiando de mim? Meu dinheiro é honesto.

Eu fiquei olhando para Oyuki, para o seu rosto, para me lembrar por ainda muito tempo daqueles olhos que ficaram tão felizes. Depositei sobre a mesa as cédulas que tinha na carteira.

Alguém bateu à porta. Ouviu-se em seguida a voz do cafetão. Oyuki ia dizer algo, mas se conteve e escondeu o dinheiro no cinto. Eu me levantei e passei pelo patrão na saída.

Quando cheguei à frente do santuário de Fushimi Inari, o vento da avenida, muito mais forte do que o das ruazinhas laterais, acertou-me de frente e me deixou todo descabelado. Como ando sempre de chapéu, menos quando vinha a Tamanoi, levei a mão à cabeça e não encontrei o que segurar; quando entendi, sorri amargamente. Os postes das flâmulas estavam quase quebrando com a força da ventania; as cortinas dos toldos das lojas tremulavam como se fossem levantar voo. As figueiras e parreiras de uma casa abandonada na esquina do dique farfalhavam secamente, como se o outono já as tivesse estiolado. A Via Láctea, comandando uma multidão de estrelas no céu claro e surpreendente da larga avenida, brilhava, solene e límpida, sobre o caminho que eu cruzava triste e só. Minha solidão era aguçada pelo som dos bondes e das buzinas dos táxis que o vento forte abafava. Normalmente, voltando a casa pelo caminho da ponte Shirahige, eu pegava uma ruazinha qualquer ali pela volta do correio de Sumidacho, ou passando o cineteatro de Mukojima, até chegar aos fundos do Santuário Shirahige. Do fim de agosto até o início de setembro, se caía uma tromba d'água e depois o céu clareava, mostrando a lua, dava para caminhar na rua mesmo onde não era iluminado, e eu acabava indo a pé até a ponte Kototoi, pois o trajeto lembrava paisagens antigas à luz do luar.

Naquela noite, eu saíra depois da lua se pôr. Até chegar à parada de ônibus do Morro Jizo, o vento gélido do rio me deixou todo arrepiado. Enquanto esperava, protegi-me da ventania entre a estátua de Jizo[46] e o abrigo do ônibus.

---

46. Nome japonês do *bodhisattva* Ksitigarbha, considerado protetor das crianças. Acredita-se que tem o poder de curar muitas doenças.

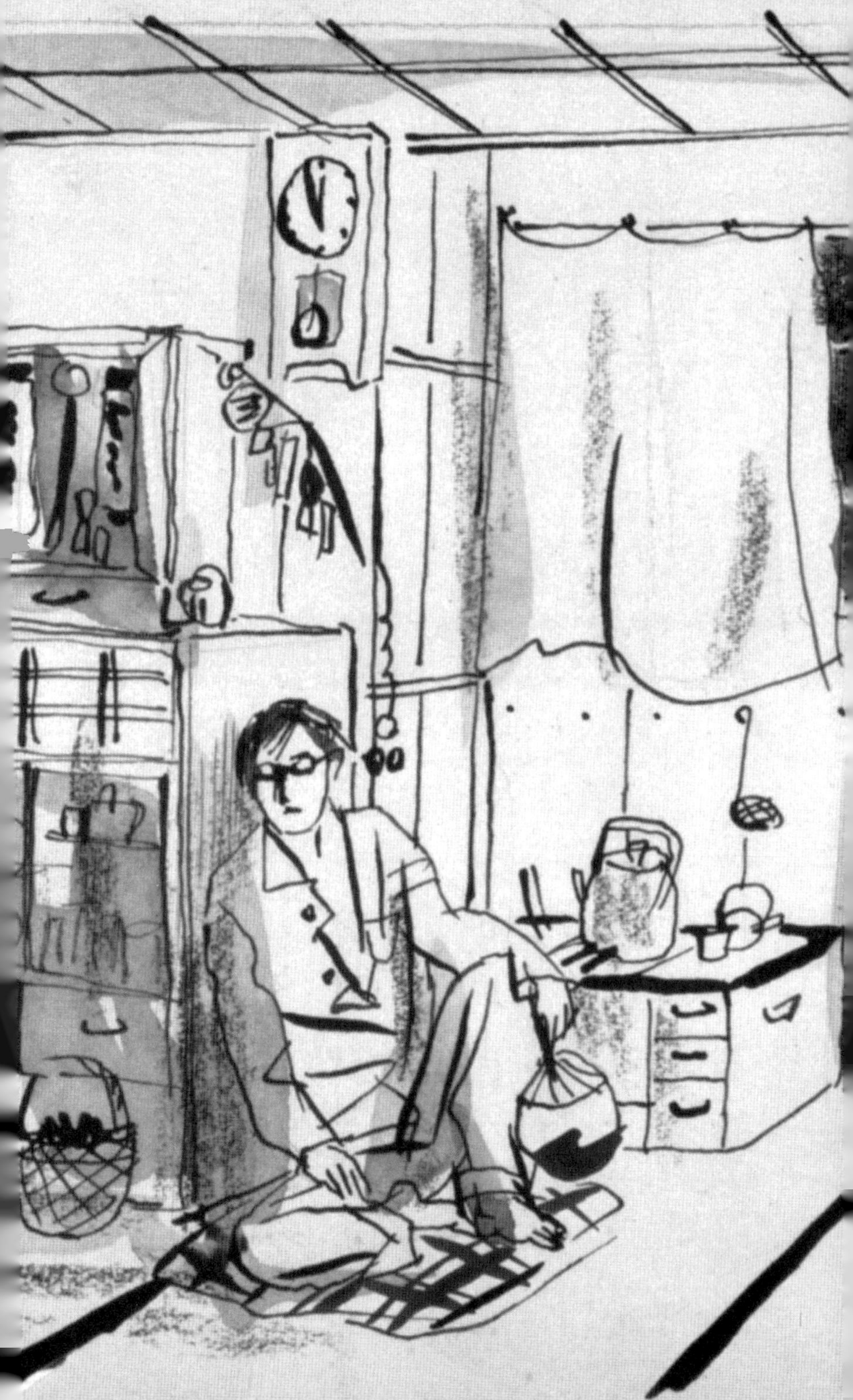

Dez

Quatro ou cinco dias depois, mesmo com minha decisão de não mais voltar a vê-la, mesmo tendo deixado o dinheiro do quimono de outono, fiquei com vontade de ir visitá-la de novo. Como estaria Oyuki? Sabia que ela deveria estar sentada à janela, como sempre, e ainda assim a vontade de vê-la era quase insuportável. Decidi ir até a casa dela e ficar espiando de longe, sem que ela me visse. Se eu desse um pulinho até Tamanoi e voltasse logo, no meu retorno os rádios já estariam desligados. E foi assim que, pondo a culpa nos rádios pelo meu pecado, mais uma vez caminhei até a margem leste do rio.

Antes de entrar em Tamanoi, comprei uma boina de caça, com a aba da frente grande, para esconder o rosto, e fui em direção à casa de Oyuki me escondendo atrás dos passantes. Chegando lá, a primeira coisa que me chamou a atenção foi o cabelo dela: voltara ao *tsubushi* de antes. Ela estava sentada no mesmo lugar de sempre. À sua direita, na janela que normalmente ficava fechada, havia outra moça, de penteado *marumage*.[47] Era uma nova funcionária — o

---

47. Penteado de forma arredondada com um coque na parte superior, usado principalmente por mulheres casadas ou mais velhas.

que naquele bairro costumava-se chamar de *dekata-san*, uma "principiante". De longe, eu não conseguia ver bem, mas parecia ser mais velha do que Oyuki e não muito bonita. Misturei-me aos transeuntes e peguei outra ruazinha.

Ao anoitecer, como sempre, veio uma calmaria repentina e um mormaço úmido. Não sei se por causa do calor, todo o mundo resolveu sair para a rua, e para caminhar pelas ruelas a gente tinha de ficar desviando dos pedestres. Escorria-me o suor, faltou-me o ar, e decidi procurar uma saída do labirinto. Acabei chegando a uma avenida por onde passavam carros. Fui caminhando pela calçada onde não havia vendedores e, com a intenção de voltar dali para casa, fiquei esperando o ônibus na parada do sétimo quarteirão, enquanto enxugava o suor da testa. Dali a pouco chegou um ônibus municipal. Estava quase vazio, pois ali era a sua primeira ou segunda parada — parecia ter vindo especialmente para me buscar. Tirei um pé da calçada em direção à porta do ônibus e, de súbito, me bateu um arrependimento intenso. Decidi continuar andando e cheguei em seguida à parada do sexto quarteirão, na esquina da loja de saquê, onde há uma caixa do correio. Cinco ou seis pessoas aguardavam o ônibus. Deixei três ou quatro ônibus passarem, sem me decidir nem a subir nem a continuar minhas andanças. Contemplava, distraído, a avenida onde se enfileiravam os álamos, e um grande terreno baldio na esquina de uma ruazinha.

Desde o início do verão até a entrada do outono, aquele terreno já havia abrigado um circo equestre, depois um número com macacos e em seguida um túnel do terror. Todas as noites, vinha de lá o som do gramofone a todo volume. Mas um dia o terreno voltou a ficar desocupado e agora tudo o que havia ali era o reflexo nas poças d'água da fraca luz dos prédios circundantes. Decidi ir ver Oyuki mais uma vez. Dizer-lhe que ia viajar, ficar um tempo longe, algo assim. Dessa maneira, Oyuki não ficaria com a impressão de que eu cortara relações com ela, como se a doninha tivesse cruzado nosso caminho.[48] Pretendia também contar-lhe tudo o que pudesse a meu respeito.

Eu não tinha mais aonde ir. As pessoas que eu queria rever estavam todas mortas. Os bairros onde se ouvia o elegante som do *shamisen* são hoje palcos para instrumentistas e dançarinas disputarem os holofotes; não são lugar para um velho escritor se sentar a tomar chá e falar dos tempos antigos. Sem querer, eu tivera a sorte de roubar desse mundo flutuante umas poucas horas de descanso, em um pequeno recanto desse labirinto. Por isso, queria poder explicar a Oyuki que, mesmo se eu fosse um estorvo para ela, eu desejava ainda vir vê-la de vez em quando, para me distrair da minha vida... mas talvez fosse tarde para dizer isso. Ainda assim, voltei à casa de Oyuki e me pus diante de sua janela.

— Vamos, suba! — disse Oyuki, como se fosse a coisa mais normal do mundo e estivesse me esperando chegar a qualquer momento. Já ia subindo a escada para o andar de cima, sem nem passar pela sala da frente. Ajustando meu tom ao dela, perguntei casualmente:

— O patrão está?

— Sim, com a patroa!

---

48. *Itachi no michikiri* ("ter o caminho cortado por uma doninha"). Cortar relações com alguém, deixar de falar, visitar, conviver ou dar notícias. A expressão tem origem na crença popular de que a doninha, ao cruzar a frente de alguém, "estraga" o caminho, que não pode nunca mais ser usado.

— Eu vi que tem uma nova...

— E agora nós temos também uma senhora que cozinha...

— É mesmo? De repente, a casa ficou animada.

— Ah, mas como eu passei muito tempo sozinha, não me acostumei ainda com tanto barulho.

Ela pareceu se lembrar de algo e acrescentou:

— Obrigada pelo quimono.[49]

— Achou um bonito?

— Sim. Creio que fica pronto amanhã. Comprei um cinto de baixo também, para firmar. Esse meu já está meio frouxo, olhe só. Depois eu desço e trago para mostrar para você.

Ela desceu e trouxe chá. Ficou um tempo na janela, falando disso e daquilo, mas os patrões não pareciam querer ir embora. Lá pelas tantas, ouviu-se a campainha da escada. Sinal de que chegara um cliente habitual.

A casa era outra, diferente do tempo em que Oyuki morava sozinha. Não se conseguia ficar lá muito tempo. Ela também parecia incomodada com a presença do patrão. Ao cabo de meia hora, eu já estava na rua, sem ter conseguido dizer o que queria.

Quatro ou cinco dias depois, já era a semana do equinócio.[50] O tempo mudou completamente. Caíam chuvas repentinas de nuvens baixas e escuras, trazidas pelo vento sul. As gotas eram

---

49. A etiqueta japonesa exige que se agradeça um serviço ou presente na vez seguinte em que se encontra o benfeitor, após o recebimento do favor. Esse agradecimento é tão ou mais importante do que o agradecimento que se faz no momento em que se recebe o presente, pois só com o tempo é que se pode avaliar a verdadeira extensão do benefício recebido.

50. O equinócio de outono é um feriado budista tradicional, comemorado apenas no Japão. A palavra que designa a data em japonês, *higan*, significa literalmente "na outra margem", ou seja, do lado da iluminação ou nirvana.

grossas e pareciam pedras caindo no corpo da gente. De uma hora para outra, parava de chover do mesmo jeito que havia começado. Ou então era uma chuvarada incessante, que durava a noite toda. Meu pé de amaranto se quebrou perto da raiz e tombou. As lespedezas perderam todas as flores e a folhagem. As begônias, que já estavam dando semente, ficaram sem cor, depois que os caules rubros tiveram as folhas arrancadas. As cigarras e os grilos que sobreviveram às chuvas pareciam lamentar com o seu canto o estado de total destruição a que o jardim fora reduzido, uma confusão de folhas encharcadas e gravetos. Todos os anos, chegada essa época, lembro-me de um antigo poema, "Janela de outono, noite de vento e de chuva", que figura no romance *O sonho do quarto vermelho*, de Cao Xueqin.

Flores de outono, tristes, sem cor, folhas de outono, amarelas,
Lanternas de outono, brilhantes, noites de outono, tão longas,
Na janela de outono, já vem o outono, o outono passa, sem fim.
Como no outono suportar a solidão que vem com a chuva e o vento
O outono que traz, tão rápido, a chuva e o vento, tão violentos,
Destruindo o sonho verde, o sonho da janela de outono?

E todos os anos eu sou tomado pela angústia de querer traduzir o poema para o japonês e nunca consigo fazê-lo a contento.

O equinócio passou a vento e chuva. O tempo só começou a melhorar depois da *tsukimi*[51], quando não havia mais muitos dias em setembro.

---
51. Festa de contemplação da lua. Ocorre na primeira noite de lua cheia após o equinócio do outono.

Na véspera, a lua estava linda, mas na noite de plenilúnio de fato ela subiu no céu mais cedo e brilhava ainda mais majestosa, clara, sem nuvens.

Nessa noite, fiquei sabendo que Oyuki fora hospitalizada, doente. Quem me contou foi a cozinheira, que eu interpelei pela janela e não sabia me dar mais detalhes.

Em outubro, o frio chegou mais cedo do que o habitual. Em Tamanoi, nem bem havia passado a noite de contemplação da lua e, nas barraquinhas à frente do Santuário Inari, já havia cartazes anunciando:

TROCAMOS O PAPEL DAS PORTAS! COLA DE PRIMEIRA!

Já não era mais época de andar por aí de tamancos e sem chapéu. Os rádios dos vizinhos eram menos audíveis, com as portas e janelas fechadas. Já era mais confortável ficar em casa, e eu rapidamente me acostumei a passar as noites ao lado da lâmpada.

E aqui chega ao fim minha história da outra margem. Repouso o pincel agora. Mas se você deseja um fim mais satisfatório, mais digno de um romance tradicional, basta imaginar que, daí a seis meses ou um ano, eu tenha reencontrado Oyuki por acaso, e que ela nesse meio tempo tenha se tornado uma mulher respeitável. Querendo aumentar o inpacto, imagine que eu e ela estamos em ônibus ou trens que passam um pelo outro, e que nos olhamos pela janela, e que queremos dizer algo um ao outro mas não conseguimos. E o encontro fortuito seria ainda mais dramático se estivéssemos em barcas sobre o rio Tone, tendo por cenário as folhas dos bordos e das outras árvores da cor do outono e os juncos em flor.

Oyuki e eu nos separamos ignorando nome e endereço um do outro. Conhecemo-nos em uma casa da outra margem, ao lado do dique, infestada de mosquitos. Depois disso, é quase impossível que nos vejamos de novo, mesmo por acaso. Brincamos irresponsavelmente com o amor, mas talvez eu possa dizer que a certeza de que no fim não ficaríamos juntos aumentou o ardor de nossa relação — ou talvez não, talvez eu esteja sendo pretensioso ao dizer uma coisa dessas. E se então eu dissesse que não passou de um leve divertimento? Estaria sendo indigno do sentimento que ela teve por mim. Pierre Loti, ao final de *Madame Chrysanthème*, descreve esses sentimentos de forma magnífica, com tal força que nos leva às lágrimas. Mas um fim semelhante aqui, nesta história da outra margem do rio Sumida, ficaria ridículo e soaria apenas como uma imitação de Loti.[52]

Sempre soube, desde o início, que Oyuki não ficaria por muito tepo ali, naquela casa ao lado do dique, vendendo elogios a preço baixo. Quando eu era jovem, certa feita, ouvi de um senhor que entendia de putas o seguinte conselho:

— Digamos que haja uma mulher de que você goste mais do que de outras. Então, você deve pensar que, se não avisar

---

52. O escritor orientalista e oficial da marinha francesa Pierre Loti (1850-1923) se "casou" em 1885, no Japão, com uma jovem japonesa de 18 anos de apelido "Madame Crisântemo", por meio de um contrato de um ano, renovável por mais um ano. Esse tipo de "casamento" era registrado na polícia e a moça podia, após a partida do estrangeiro, casar-se com um japonês.

logo que está interessado nela, pode vir outro cliente antes que pague a dívida e a leve embora. Nesses casos, pode ter certeza: se você não se mexer logo, a moça vai adoecer e morrer, ou casar com um homem horrível que a levará para longe de Tóquio.

Acho que o que ele queria dizer com isso é que esse tipo de intuição ruim é quase sempre correta.

Oyuki era bonita e inteligente demais para continuar para sempre trabalhando naquele bairro. Um ganso selvagem entre galinhas. Hoje em dia, com o progresso da medicina, não creio que ela tenha adoecido e morrido. Também não acredito que ela se tenha visto algum dia na obrigação de, agradecida a um homem de quem não gosta, viver com ele o resto da vida.

Lembro-me de uma noite em que olhávamos pela janela os telhados sujos das casas amontoadas e o céu pesado de antes da tempestade, no escuro daquele segundo andar. Estávamos de mãos dadas, as palmas molhadas de suor. Falávamos baixinho, como se compartilhássemos um segredo. De repente, um relâmpago desenhou contra o céu o perfil de Oyuki. Essa imagem ficou em minha retina e até hoje não se apagou. Sinceramente, não sei como levei uma vida de tantos amores desde jovem, amores ligeiros, de pouca consequência, para agora, depois de velho, vir-me este, como um sonho de louco, para eu ter de contar. O destino se diverte brincando com a vida dos homens.

Ainda me restam no verso desta folha algumas linhas. Vou deixar o pincel ir aonde ele quiser. Quero escrever um poema, ou prosa, qualquer coisa que acalme a tristeza desta noite.

O mosquito deixou em minha fronte uma gota de sangue.
Você limpou o sangue com um papel
E lançou-o em seguida ao jardim.
Ali, um pé de amaranto, sozinho — um pé,
Sob o orvalho a cada noite mais frio,
Aguarda o vento da tardinha,
Sem saber que deve morrer.
As folhas são como bordados,
E ainda assim fenecem,
As folhas da planta fenecem,
E ainda assim explodem em cor.
A borboleta doente
Farfalha suas asas feridas
Sob o pé de amaranto, que não mais florirá,
Sob as folhas da planta que deve morrer.
Um canto de jardim no crepúsculo
De um outono que tem pressa em passar,
E não serve de abrigo aos nossos sonhos.
Depois de nosso adeus, sigo sozinho,
E me pergunto se meu coração não será
Como o pé de amaranto que deve morrer.

Tóquio, 30 de outubro de 1936, ano do cavalo.

Outras obras de literatura japonesa na Editora Estação Liberdade

NAGAI KAFU
Crônica da estação das chuvas

YASUNARI KAWABATA
A casa das belas adormecidas
O País das Neves
Mil tsurus
Kyoto
Contos da palma da mão
A dançarina de Izu
O som da montanha
O lago
O mestre de go

HIROMI KAWAKAMI
Quinquilharias Nakano
A valise do professor

NATSUME SOSEKI
Eu sou um gato
E depois

JUN'ICHIRO TANIZAKI
As irmãs Makioka
Diário de um velho louco

YASUSHI INOUE
O fuzil de caça

KAKUZO OKAKURA
O livro do chá

RYUNOSUKE AKUTAGAWA
Kappa e o Levante imaginário

MASUJI IBUSE
Chuva negra

EIJI YOSHIKAWA
Musashi

ESTE LIVRO FOI COMPOSTO EM GATINEAU 10.7/15 E IMPRESSO SOBRE PAPEL OFF-SET 90 g/m² NAS OFICINAS DA ASSAHI GRÁFICA, SÃO BERNARDO DO CAMPO - SP, EM MARÇO DE 2013